KB054416

시간의 걸음

한혜경 에세이

시간의 걸음

한혜경
에세이

글터

작가의 말

시간은 기척도 없이 걸어온다. 지나간 뒤에야 깨닫는다.

그 시간에 내가 이런 일을 했구나, 소중한 사람을 만났구나, 힘겨웠던 고개를 넘어갔구나.

첫 수필집 『아주 오랫동안』을 내고 13년이 흘렀다. 학교 일이 바빴다고는 하지만, 수필 쓰기에 소홀했다는 생각을 지울 수 없다. 글들을 정리하면서, 시간 편차가 꽤 있음에도 겉으로 드러난 현상 이면과 나와 다른 삶에 대한 관심이 죽 이어져 오는구나, 발견하게 되었다.

"그게 우리랑 무슨 상관이야?" "이런 생각해봤자 무슨 소용이야?"

수시로 드는 생각이지만, 자신을 보호하려는 본능을 누르고 용기를 낸 『이처럼 사소한 것들』의 펄롱을 닮고 싶다. 이 마음을 앞으로도 계속 간직하고 싶다.

이런 바람을 담아 수필집의 순서를 '나'로부터 시작해 나아갈 방향과 다른 사람들의 세상, 나와 그들을 바라보는 시선, 끝으로, 환하게 피어나는 꽃을 꿈꾸는 마음으로 정했다.

시간이 조용히 지나가는 사이, 어머니는 떠나셨고 대신 너무 사랑스러운 소율이가 왔다. 생전에 엄마가 사랑하셨던 수필을 쓰면서 그리움을 잠재운다. 그리고 1997년부터 많은 순간을 함께 한 나혜영 교수님이 이번 수필집의 표지와 간지 디자인을 멋지게 만들어 주셨다. 진심으로 감사드린다.

그리고 퇴직이 몇 개월 앞으로 다가왔다. 돌이켜보면 힘들었던 때도 있었지만, 진실의 힘을 믿는 분들 덕분에 행복했음을 새삼 확인한다.

언제나 내 힘의 근원이 되는 현서와 광용, 그리고 슬기와 소율이에게 사랑을 전하며, 계속해서 진실된 글을 쓸 수 있기를 소망한다.

2024년 푸르른 오월에

한 혜 경

목차

向

방향

他

세상

視

시선

花

꽃

我

나

발바닥의 시

오늘도 내 곁을 스쳐 가는 수많은 순간이 있다.

그 중 잊고 싶지 않은 정경에 스마트폰 카메라 버튼을 누른다. 때론 그냥 마음속에만 간직해두고 싶기도 하지만, 내 기억력을 믿을 수 없어 한 장의 사진으로 담는다.

그렇게 찍힌 사진은 객관적 풍경화나 인물화가 아니다. 시간이 한참 흘러도 그 사진을 찍었을 때의 날씨, 분위기, 느낌들이 피어오른다. 다른 사람은 알 수 없는….

사진 속 웅장하게 밀려오는 파도는 단지 멋진 파도가 아니고, 푸르른 숲 역시 피톤치드 가득한 청량한 숲 이상이며, 사진

마다 성장한 모습을 보여주는 아이들, 싱긋 웃음을 베어 물고 있는 가족들과 친구들 사진도 단순한 인물화가 아니다. 그날 함께한 이들과의 시간, 웃음소리, 하늘과 숲을 보며 떠올렸던 생각들이 풍경과 인물 주위로 아지랑이처럼 아른거리고, 먹던 음식의 맛과 코끝을 간질이던 냄새들까지 피어오른다. 그 순간의 사진 속 정지된 시간은 영원으로 이어진다.

아이들의 사진은 그 자체로 가족 역사다. 뱃속 초음파 사진부터 갓 태어났을 때, 백일과 돌잔치, 유치원과 학교 입학과 졸업, 소풍, 여행, 모든 순간들이 아이들의 성장과 가족 이야기를 담고 있으니, 보고 있으면 만감이 교차한다.

여러 사진 중 유독 좋아하는 사진이 있다. 어린 시절, 거실 바닥에 두 아이가 나란히 앉아 있는 사진이다. 딸애가 일곱 살, 아들애가 네 살 때이다. 거실 창으로 햇살이 환하게 들어오고 있는 가운데 제각기 좋아하는 인형을 가슴에 안고 함빡 웃고 있다.

특히 아이들의 발바닥이 정면을 향하고 있어, 때 묻지 않은 하얀 발바닥이 눈에 들어온다.

그 하얀 발바닥이 순수한 시절의 상징처럼 보여 나도 모르게 눈물이 어린다. 작은 것으로도 만족하고 결핍감과는 거리가 먼 시절, 갈등이란 게 기껏 남매 사이의 실랑이 정도이고 속임수나 배반에 대해 잘 모를 때, 낙오의 슬픔이나 열패감이 무엇인지 알지 못할 때.

어느새 시간은 쏜살같이 흘러 이제 30대에 들어선 아이들은 세상의 이런저런 일들을 겪어나가는 중이다. 불합리하고 공정하지 못한 일들 앞에서 분노와 부조리함을 느끼기도 하고, 생각과 다른 일들에 직면하면 당혹해하기도 한다. 하얗고 말랑하던 발바닥에는 굳은 살이 박이고 현실이란 늘 웃을 수만은 없다는 걸 깨달아가고 있다.

어른이 된다는 것은 선의만 존재하지 않는 복잡한 세상에 한 발을 내딛는 것, 순수함만으로 살아가기 어렵다는 사실을 알게 되는 것. 그러나 실망하지 않고 바른길을 찾아가며 자신의 뜻을 펼치며 나아가는 것이기도 함을 알게 되는 것.

하얀 발바닥에 흙먼지가 묻어도 털어내고 지혜롭고도 꿋꿋하게 걸어 나가길 기도하는 마음으로 사진을 다시 본다.

숨은 꽃

토요일 오후라 각오하긴 했지만 정말 차가 많았다.

기사분이 내비를 보며 방향을 바꿔 본다. 들어선 길은 오랜만에 지나가는 길이다. 공덕 쪽으로 통하는 새 도로가 뚫린 것 말고는 별반 달라진 것이 없다. 차선은 여전히 2개이고 인도도 좁다.

그 안으로 줄지어 있는 가게들은 개발 바람에서 비껴난 게 억울한 듯 나지막하게 엎드려 있다. 중간쯤 있는 빵집 하나가 통유리로 깔끔하게 단장했을 뿐, 오래된 철물점, ○○ 통상, 건재상사, 보일러, 심지어 신앙촌상회, 새마을이발관 등, 낙후된

지방 어딘가 온 거 같다. 옛 모습을 간직하고 있어 정겨운 게 아니라 잊힌 자에게서 풍기는 궁상맞고 구중중한 내가 느껴진다.

그런데 길가 나무들에 화사한 벚꽃이 길이 비좁다는 듯 한가득이다. 꽃피는 철에 지나간 적이 없었나 보다. 가로수가 벚나무인 줄 처음 알았으니… 연수가 오래 되었는지 굵직한 나무통에 가지마다 화알짝 피어난 벚꽃들이 뭉게뭉게 꽃구름을 이루고 있다.

택시는 거의 서 있는 상태다. 창을 내려 좀 더 가까이 꽃송이들을 바라본다. 그날이 가장 만개한 시점이었는지 온몸을 완전히 드러내 보이고 있었다. 활짝 벌려져 암술 수술까지 선명하게 보이는 게 살짝 외설스럽기까지 했다.

그날 내 마음이 심란해서인가, 꽃나무가 있는 거리 풍경이 아름답다기보다 어딘가 부조화스럽다는 느낌을 주었다. 허름한 가게 앞에 세워둔 인조 꽃나무같다고 할까. 남루함을 가려주는 게 아니라 남루함을 도드라지게 만드는 것 같았다.

어쩌자고 저 꽃들은 저리 활짝 피고 저리 홀로 선연할까. 주변은 아랑곳하지 않은 채 독주하듯 저 혼자 만개해 있는 게 곧

스러질 꿈 한마당 같아, 안타까움인지 허망함인지 뭔가가 목구멍을 간질였다.

"아이구, 잘들 폈다." 오랜 정체에 지루해하던 기사분도 꽃들을 바라보고 있었나 보다.

"어, 그런데 저 나무는 이상하네." 한다. 가리키는 쪽을 보니, 정말 맨 가지만 달린 나무가 서 있다. 양옆엔 풍성하게 피어난 꽃들을 매단 나무들이 있는데 홀로 맨 가지인 채로 서 있다. 옆 나무에 비해 키도 작고 가지 수도 적어 왜소하다.

"저 가지 보세요. 싹이 안 났잖아요. 죽었네, 죽었어."

나무에 대한 상식이 없으니 기사 말이 맞겠거니 하며 "그러게, 왜 죽었을까요?" 했다. 조금 더 가니 맨 가지인 나무들이 두어 그루 더 보인다.

저 나무들은 정말 죽은 걸까? 옆 나무는 저렇게 꽃이 잘 피는데 왜 죽었을까? 옆 나무들이 햇빛을 가려서인가?

궁금증을 안은 채 그 길을 빠져나갔는데, 우연히도 정확히 1

주일 후 같은 길을 지나가게 되었다. 이번엔 아침이라 그때처럼 정체가 심하진 않았다. 그런데 이게 웬일인가. 지난주 죽었다고 생각했던 나무에 진분홍빛 꽃들이 피어나 있지 않은가.

죽은 게 아니었어!!! 저절로 탄성이 나왔다.
그땐 꽃이 피기 전이었던 거야!
1주일 전 그토록 흐드러졌던 벚꽃은 꿈이었나 싶게 자취 없이 사라지고 죽은 줄 알았던 나무 서너 그루는 이제 진분홍 꽃들을 터뜨리고 서 있었다. 선명한 분홍으로.

벚꽃이 무리지어 풍염했다면, 이 꽃은 가지가 그렇게 많지 않아서인지 다소곳한 느낌이 들었다. 하지만 수줍은 듯하면서도 할 말은 소신껏 밝히는 처녀처럼 진한 분홍빛으로 자신의 존재감을 분명하게 드러내고 있었다.

죽은 게 아니라 이제 꽃이 피는 거였어.
자꾸 고개를 끄덕거리며 꽃들을 바라보았다. 대견하고 고마웠다.
계절에 맞춰, 피어날 시간에 맞춰 필 뿐인데, 잘 모르는 인간이 미리 와서는 죽었네, 꽃이 안 피네, 지레짐작하는 일들은 얼마나 많을까. 마침 1주 후에 지나갔으니 알았지, 모르고 넘어가는 건 또 얼마나 많을까. 짐작일 뿐인데 사실이라고 우기는 것들은 또 얼마나 많을지…

우연히 만난 풍경이 생각거리 하나 던져준다.

창 · 거리 · 풍경

"거리를 두고 바라보는 모든 것은 시가 된다."

안식년을 맞아 미국 여행을 하던 중 뉴욕 메트로폴리탄 미술관에서 마주친 구절이다.

늘 뭔가를 해야 하는 의무들에서 벗어나, 구경하고 싶으면 구경하고 쉬고 싶으면 쉬면서 오롯이 주어진 나만의 시간에 행복하기만 하던 어느 날이었다. 전시실 사이사이 비치된 긴 의자에 앉아 북적거리는 다양한 인종의 사람들을 보며 지금이 내 생애 가장 한가로운 시간이구나, 하는 느낌이 들던 날이었을 거다.

‘풍경이 있는 방’이란 주제로 19세기 유럽 화가들의 그림을
전시하는 기획전이었다. 흰 벽면 위, 제목에 이어 큼직하게 명
기된 “거리를 두고 바라보는 모든 것은 시가 된다. 멀리 있는
산들, 멀리 있는 사람들, 멀리 있는 사건들: 모든 것은 로맨틱
해진다.”는 노발리스의 시구는 매혹적이었다. 일상에서 잠시
떨어져 있던 여행 중이라 더욱 그랬던 것 같다.

 열린 창을 통해 보이는 풍경은 19세기 낭만파 화가들이 즐겨
다루었던 주제라고 하더니 과연 모든 그림이 섬세하면서도 평
화로웠다. 창이 있는 아틀리에에서 그림을 그리고 있는 화가,
창밖을 보고 있는 여인, 창 옆 의자에 앉아 있는 남자 등, 다양
한 형태의 창이 있는 실내를 사실적으로 그린 그림들은 보는
사람을 고즈넉하게 만들었다.

 창을 통해서만 빛이 들어오고 있으므로 창 주변과 창밖 풍
경만 훤하다. 어둑하게 그늘이 드리워진 방안과 대조적으로
창 너머로는 뭉게구름이 떠 있는 푸른 하늘, 푸르스름한 산등
성이들, 드높은 하늘 아래 노란 잎의 나무들, 우거진 수풀 너머
돛단배들이 드문드문 떠 있는 바다 등이 펼쳐져 있다. 노발리
스의 표현처럼 멀리 보이는 풍경들은 로맨틱하고 수려하기만

했다.

그런데 창밖을 바라보고 있는 인물들은 우연인가 모두 여성들이다. 그중 모리쯔 폰 쉬빈트의 〈아침시간〉은 침실을 정돈하다가 창밖을 내다보는 듯한 여성의 뒷모습을 그린 것이다. 서랍장을 사이에 두고 두 개의 창문이 있는데 왼쪽의 것에는 아직 블라인드가 내려져 있어 어둠침침하다. 오른쪽에 놓여있는 침대 위에는 이불이 흐트러져 있고 옆의 의자 위에는 벗어놓은 옷인지 시트인지가 아무렇게나 놓여있다. 머리는 하나로 모아 올리고 종아리가 드러나는 길이의 무명처럼 보이는 소박한 원피스 차림으로 보아 여인은 하녀인 듯하다.

창밖으로 보이는 것은 첩첩이 겹쳐진 산등성이들이다. 여인의 고개는 살짝 오른편을 향하고 있어 단순히 풍경을 감상하거나 청량한 아침 공기를 마시는 것 같진 않다. 양손은 창틀을 짚고 왼 발뒤꿈치가 살짝 들려 있어 뭔가를 열심히 보고 있다는 느낌을 준다.

무얼 보는 걸까? 산 아래 나 있는 길을 바라보는 걸까? 누군가 아는 사람이 지나가는 걸까? 아니면 산 너머 새로운 세계를 꿈꾸는 걸까? 창밖의 풍경은 아름답지만 그녀가 저 멀리 다른 세상을 꿈꾸고 있는 거라면, 자신의 처지와 다른 삶을 동경하며 내다보고 있는 거라면 낭만과는 거리가 멀어진다.

삶의 매 순간이 창밖의 풍경으로 존재하지는 않는다. 원하지 않아도 내 삶에 불쑥 들어오는 풍경은 더 이상 거리를 두고 바라볼 수 있는 대상이 아닌 것이다.

소녀 시절 이층의 내 방. 책상에 앉아 창 너머를 바라보는 걸 좋아해 창 옆에 책상을 바짝 붙여 놓았다. 마당의 목련 나무가 봄이면 흰 꽃을 피워내고 여름엔 무성한 잎들로 그득하다가 가을을 지나 겨울, 잎이 다 떨어져 헐벗은 가지로 변하는 것을 지켜 보며 공상에 잠기기도 하고 뭔가 끼적거리기도 하는 소녀가 있는 정경. 사춘기 여린 감성에 나뭇잎이 떨어져도 스산해 하고 별거 아닌 일에도 심각해지곤 했지만, 지금 돌아보면 웃음이 나는 순수한 풍경화의 일부이다.

결혼해서 아이를 낳고 키우면서 창밖 풍경을 감상할 여유는 점점 사라져갔다. 대신, 아이가 잘 있는지 확인하는 용도로 창이 유용해지기 시작했다. 첫애가 만 세 살 때 유아원에 간다고 바이바이 하며 깡총거리던 모습을 창 너머 바라보며 마주 손 흔들던 기억이 아직도 선명하다. 좀 더 자라서 유치원 다닐 무렵엔 9층 아파트 거실 창으로 놀이터가 잘 내려다보였다. 놀이터에서 잘 노는지 수시로 내다보기도 하고 밥 먹을 때가 되면 창을 열곤 "밥 먹어라!" 소리쳐 부르기도 했다.

아이가 초등학교에 들어갔을 때 살던 아파트에서는 거실 창밖으로 아파트 담장 너머 가로로 뻗은 1차선 도로와 보행로가 건너다보였다. 키 큰 나무들이 일렬로 죽 늘어선 길 끝에 아이의 통학버스가 섰다. 늦가을부터 겨울까지는 앙상해진 가지 사이로 걸어가는 아이 모습이 잘 보였지만, 잎이 무성해지는 여름날엔 아이의 작은 몸은 나뭇잎들로 가려지고 나무둥치 사이로 종아리만 언뜻언뜻 드러나곤 했다. 그렇게 나무들 사이로 지나가는 아이를 지켜보고 있노라면 어느새 가슴은 기도로 가득 차고 괜히 눈물이 고이곤 했다.

아이가 들어가 있는 풍경은 시가 될 수 없다. 멋진 경치나 그림을 감상하듯이 거리를 두고 바라볼 수 없는 것이다. 건강하게 자라나기를, 행복하게 살아가기를, 이 아이들이 살아갈 세상은 좀 더 평화롭고 아름답기를, 기도하는 어미가 될 수밖에 없는 것이다.

이제 아이는 어느덧 성인이 되어 취업과 결혼을 걱정할 나이가 되었다. 오랜만에 거실 창으로 이제 대학생이 된 아이를 배웅한다. 저절로 내 입에선 기도가 흘러나온다.

잃어버린 보랏빛

코로나 확산 이후 안전안내문자가 하루에도 여러 차례 온다. 확산 초기엔 감염자의 이동 경로까지 확인하며 챙겨 봤지만, 요즘엔 또 왔구나 할 뿐 무시한다.

그런데 어느 날, 코로나 관련 안내가 아니라 실종자를 찾는 다는 내용이 언뜻 눈에 들어왔다.

"○○구에서 실종된 ○○○씨를 찾습니다."로 시작되는 문구이다. 이어서 실종자의 키와 체중, 나이, 실종 당시 옷차림 등이 명시되어 있었는데, 체격이 너무 왜소한 데 눈길이 갔다. 여성 노인이었는데 145cm에 40kg 조금 넘었으니.

그 뒤로는 안전안내문자를 종종 들여다본다. 그러고 보니 실종자를 찾는 문자가 꽤 자주 올라오고 있었다. 오래전엔 신문 심인(尋人)칸에 나오던 광고였는데, 그 내용을 그대로 시로 읊은 황지우의 「심인」이 생각나기도 했다.

이광필 광필아 모든 것을 묻지 않겠다
돌아와서 이야기하자
어머니가 위독하시다

조순혜 21세 아버지가
기다리니 집으로 속히 돌아오라
내가 잘못했다

당시엔 가출한 젊은이를 찾는 내용이 많아 그 팍팍한 삶이 연상되곤 했는데, 요즘은 주로 노인을 찾는다. 아마 인지장애가 있는 분들 아닐까 싶다. 드물게 찾았다는 문자가 온 적도 있다. 딱 한 번 왔으니(물론 내가 놓친 것도 있겠지만) 다른 실종자는 못 찾았다는 뜻이겠다. 노인이 여전히 실종 중이라면 지금 어떤 상황에 있을까, 남 일 같지가 않았다.

그래도 키나 체중이 표준 이상이 되는 경우엔, 이 사람은 괜찮을 거 같다, 어디에 있든 잘 챙겨 먹을 거 같다는 안도감이 들지만 작은 체구인 경우에는 먹먹해진다.

오늘 온 문자는 양천구에서 실종된 노인을 찾는 내용인데, 남자이고 87세이다. 키가 158센티에 48kg로 여성 보통 체구보다도 작다. 그런데 바로 이어서 강서구에서 배회 중이라는 문자가 연달아 온다. '배회 중'이라는 단어가 가슴을 쿵 친다.

어딜 돌아다니는 걸까, 집을 찾는 것일까, 오래전 떠나온 고향을 찾아가는 걸까, 제대로 걸음을 옮기기는 할까, 밥은 먹었을까, 상상하다가 노희경의 드라마 〈디어 마이 프렌즈〉의 한 장면이 떠올랐다. 인지장애가 온 김혜자가 아기라고 생각한 베개를 소중히 업고 하염없이 도시 다리를 걸어가는 장면이다.

친구들이 산지사방 찾으러 다니다가 옛 고향 어귀에서 김혜자를 발견하는데, 그녀가 가장 친한 친구 정아에게 악다구니를 쓰는 장면은 너무 마음을 아리게 했다. 젊은 날, 아이가 아픈데 도와주는 사람 하나도 없던 막막함이 오랜 시간이 지나 터져 나온 것이다.

약을 먹였는데도 아이가 낫지 않아 무섭다고 친구에게 전화

했는데, 정아는 나도 힘든데 징징대지 말라며 전화를 끊었다. 결국 아이는 그녀 등에서 죽었고, 그때의 원망과 두려움과 절망과 슬픔과 아마도 분노까지 복잡하게 뒤엉킨 감정은 그토록 오랜 시간이 지났는데도 가슴 한구석에 계속 자리하고 있었던 것이다. 인지장애가 온 후에야 가슴 속에 담아두었던 원망이 비로소 표출된다는 아이러니라니…

며칠 전, 엄마를 뵈러 갔더니, 소파에 앉아 계셨다. 요즘 많이 누워 계시는데 그날은 힘이 나셨는지 외출하겠다고 하셔서 막 옷을 갈아입은 참이라고 간병인이 귀뜸했다. 평소 좋아하시던 보랏빛 재킷을 입으셨다. 나를 보자마자 얼굴이 왜 이리 못됐냐고 하셨다. 요즘 피곤이 쌓여 있던 차라 무심하게 "요새 일이 좀 많아서 그래요." 했더니, "볼이 통통했는데 홀쭉해져 버렸네." "피곤해서 어쩌니." 하시며, 이어서 "네가 E대 강의한다고 모녀가 보기 좋다고들 하더라." 덧붙이셨다.

E대 강의라니, 순간 머릿속이 하얘지면서, 지금 엄마 기억이 90년대 초중반에 가 있구나, 싶었다. 뭐라고 대답해야 하나, 그냥 모른 척 넘어갈까 잠시 고민하다가 "에이, 그건 옛날이지. 지금은 명지전문대에서 가르치잖아." 했다. 그러자 조금 당황한

듯 멈칫하시더니 "아, 그렇지. 명지전문대지." 곧 정정하셨다.

올해 구순인 엄마는 3년 전 인지장애 초기 진단을 받고 조금씩 기억을 잃어가는 중이다. 수필가로 서예가로 동분서주하던 것을 내려놓고 편안해지신 것 같아 다행이다 싶었는데, 올 들어 기력이 떨어져 자주 누워 계시는 걸 보면 한없이 쓸쓸하다. 엄마 연배로는 표준 키임에도 더 크게 보이려고 80대에도 굽 있는 구두를 신고 머리 스타일과 옷차림에 신경 쓰던 엄마가 이제 외모에 무관심해졌다. 그 시절의 엄마는 어디로 간 걸까.

탁자 위 탁상달력 날짜 칸 밑에 "집이 텅 비었다."라고 쓰여 있다. 약간 삐뚤하게. 간병인이 약을 사러 잠깐 외출했을 때 쓰신 것 같다고 한다. 문득 혼자라는 사실을 자각하셨나 보다. 호방한 기운이 넘친다는 찬사를 받던 서예가였는데, 크기도 고르지 않은 글자를 보고 있으니 끝없이 저 아래로 가라앉는 느낌이다.

엄마가 건강하셨을 때 나는 옳은 소리 한답시고 지적 잘하던 딸이었다. 엄마의 잘못을 짚어줄 자식은 딸이라는 신념(?)으로, 같은 말이라도 듣기 좋게 돌려 말하지 않고 직설적으로 표현하곤 했다. 그래서 엄마는 늘 "딸 하나 있는 게 엄마 편을 안 드냐”고 서운해했다. 공감이 중요하다는 말을 늘 하고 다니면서 정작 엄마를 이해하려고 하진 않았던 것이다.

　“어디 가시려고 옷을 갈아 입었어요?” 묻는 내 말을 못 들으셨는지 눈동자가 잠시 허공을 향한다. 엄마가 다른 곳에 가 있는 것 같아 가슴이 철렁하면서, 엄마는 지금 머릿속으로 언제 어디를 배회하는 중일까 하는 생각이 들었다. 엄마도 저 가슴속 밑바닥에 묻어놓은 뭔가가 있지 않을까. 딸에게 말할라치면 매몰차게 차단해 버려 꺼내지도 못한 말이 혹시 있지 않을까.
　보랏빛은 여전히 고운데 엄마가 잃어버린 것은 어디에 있을까. 뒤늦게 후회하며 아무것도 짐작하지 못하는 나 역시 배회 중이긴 마찬가지다.

그녀는 워싱턴의 바닥을 닦는다

임선생님께.

어느덧 가을이 깊어가고 있습니다.

워싱턴도 아침저녁으론 서늘하겠군요.

지난여름 워싱턴에서 선생님과 함께 케네디 센터며 스미소니안 박물관, 여성미술 박물관들을 구경했던 것이 꿈처럼 아스라합니다. 어찌나 햇볕이 뜨거웠는지, 맨살로 드러난 팔이 시시각각 익어가는 것 같았지요. 하지만 드높은 파란 하늘 아래 작렬하는 태양을 온몸으로 받고 있노라면 늘어진 정신이 짱짱하게 조여드는 느낌이어서 싫지만은 않았답니다.

이번 미국 여행은 안식년을 맞아 계획한 것이었어요. 오랜만에 친지들도 만나고 갤러리와 박물관들을 찬찬히 둘러보고 싶었습니다. 마침 어머니와 동행하게 되어 더욱 뜻깊었구요.

워싱턴에는 어머니가 아시는 분들이 몇 분 계셔서 박물관 구경도 할 겸 들리게 되었지요.

선생님은 아는 사이라고 하기엔 애매한 분이셨지요. 제 어머니 여고 1년 선배이지만 만난 적이 없고 다만 선생님 동생과 친분이 있다는 정도였으니까요. 그런데 선생님께선 어머니 연락을 받고 반가워하시며 우리 스케줄을 챙기셨지요. 우리가 묵을 호텔을 예약해놓고 기차역으로 마중 나오겠다고 하셔서 퍽 놀랐답니다. 생각지도 못했거든요.

얼굴을 잘 모르니 선생님은 베이지색 옷을 입고 나오겠다고 하셨고 어머니는 파란 옷을 입고 간다고 말을 맞추었죠. 뉴욕에서 기차로 네 시간 좀 넘게 걸려 드디어 워싱턴 역에 도착했지요. 여러 피부색의 수많은 사람이 북적거렸지만 출구 바로 앞에서 목을 빼고 나오는 사람들을 뚫어져라 보고 있는 동양

할머니는 단번에 눈에 띄었어요. 호리호리한 체격에 소탈한 옷차림, 화장기 없는 얼굴이 해맑아서 80세라고는 믿기지 않았죠. 게다가 어찌나 몸이 가벼우신지 계단을 내려가고 올라가는 데 거의 나는 수준이었어요.

기차안에서 요기를 했기에 시장하지 않았는데도 선생님은 우리 손을 끌고 지하 식당가로 내려가셨지요. 가방 속에서 이것저것 꺼내시는데, 무슨 요술 보따리 푸는 것 같았어요. 색도 고운 호박떡에 호두와 건포도 봉지, 음료수, 과자에 나무젓가락까지 줄줄이 나왔으니까요. 괜찮다고 하는데도 음료수를 컵에 따라 쥐어 주고 떡을 떼어 주시는 모습이 먼 길 온 손주에게 하나라도 더 먹이려는 할머니처럼 정겨웠어요.

하지만 정작 제가 놀랐던 건 다음 행동이었지요. 어찌하다가 음료수 컵이 넘어져 테이블과 바닥에 음료가 좀 흘렀는데 선생님은 곧바로 휴지를 꺼내시더니 테이블은 물론 바닥까지 닦으시더라구요. 수많은 사람이 걸어 다니는 바닥을 자기 집 마루 바닥 닦듯이요. 그 뒤로도 선생님은 길을 가다가 휴지나 빈 깡통 같은 것들이 눈에 띄면 주워 쓰레기통에 넣고 박물관 입구에 놓여있는 기부함에 1달러 몇 장을 집어넣곤 하셨어요. 선생님께서는 그런 행동들이 배고프면 밥을 먹고 목마르면 물을 마시는 것처럼 아주 자연스러웠어요.

잘 알지도 못하는 우리를 위해 지하철표와 버스표를 사놓고, 워싱턴 시내에 나온 지 오래되어 미리 나와보기도 했다는 데에는 드릴 말씀이 없었지요. 사진을 찍어주실 때마다 디카를 잘 쓸 줄 모른다며 미안해하시더니 다음날 일회용 코닥 카메라를 사오기까지 했구요.

저녁 식사 자리에서 만난 박여사님도 처음 이민 왔을 때 선생님 도움을 너무 많이 받았다며 누구에게나 도움을 베푸신다고 하더군요. 그리고 보니 선생님은 시공간을 초월해 모든 어려운 상황에 대한 연민이 몸에 배어 있는 것 같았어요. 박물관에서도 느낄 수 있었거든요.

과거 위험한 산길을 걸어 편지를 전달한 우체부 기록을 보며 "우체부들이 고생을 정말 많이 했네. 우리들이 감사해야 해." 하시고, 조지아 오키프가 화가가 되기 전 "원하는 곳에서 살 수 없고 가고 싶은 곳에 갈 수 없으며 원하는 것을 할 수 없고 심지어 원하는 것을 말하지 못한다는 것을 어느 날 깨달았다."는 문구를 보시곤 마음 아파하셨죠. 또 가난한 가족의 암울함을 푸른 빛으로 채워 넣은 피카소의 〈비극〉 앞에 서서 피카소 초기 그림이 좋다고 하실 때, 힘겨운 삶의 고통을 이해하는 마음을 느낄 수 있었어요.

다른 사람을 배려하는 마음이 다른 사람의 어려움을 헤아리는 따뜻함으로 이어지고 그 마음이 봉사하는 삶으로 실현되는 것을 선생님을 통해 새삼 확인할 수 있었어요. 그리고 그 선한 기운은 주변 사람들을 선하게 물들이는 것도요.

타인을 우선하는 사람들이 흔히 그러듯, 선생님도 자신의 불편함에 대해서는 거론하지 않으셨죠. 아프다는 말씀 없이 지하철 계단을 오르락내리락해서 좌골신경통으로 약을 드시는 중이라는 것도 나중에야 알았어요. 아프다는 표현도 "오늘 좀 많이 걸었더니 약간 기미가 오네."하며 유쾌한 농담 하듯이 하셨죠.

선생님 오빠는 한국 최초의 발레리노로 유명한 분이셨어요. 그래서 선생님은 젊어서부터 오빠의 뒷바라지를 맡아오셨다죠. 아마도 선생님 자신의 욕망은 늘 뒷전이었겠죠. 하지만 그 어떤 유명인의 삶보다 선생님의 삶이 귀하다고 생각합니다. 탐욕이 들끓는 이 세상에 그윽한 향기를 풍기는 것이기 때문 이죠.

법정 스님의 글에서 어떤 도반의 '맑고 조촐한 삶'을 읽다가 선생님을 떠올렸습니다. 한 사람의 맑고 조촐한 삶은 "이웃에 달빛 같은 혹은 풀 향기 같은 은은한 그늘을 드리우게 마련"이 라는 표현은 마치 선생님을 두고 하는 말 같았거든요.

선생님, 내내 건강하세요. 이젠 선생님 몸도 좀 챙기시고요. 선생님께서 드리운 그늘을 늘 기억하며 살겠습니다. 또 뵙겠 습니다.

서둘지 말라 나의 빛이여

이 나이쯤 되면 어지간한 일들은 해결이 될 줄 알았다.

번민은 청춘에게나 해당되는 줄 알았으며, 지금쯤은 지혜와 연륜이 묻어나는 어른이 되어 있을 줄 알았다.

자식들은 짝을 찾아 가정을 이루고 학과에서는 준 원로교수로 느긋하게 지내겠지, 툭하면 곤두서던 신경도 좀 무뎌지고 갈팡질팡하는 젊은이에게는 적절한 조언도 해줄 수 있겠지, 우리 사회도 우여곡절을 겪으며 조금은 나아지겠지, 생각했다.

그런데 웬걸! 예상과는 달리, 훨씬 복잡해진 세상 속에서 난 여전히 헤매는 중에 있다. 사회문제든 개인문제든 해결하기 어렵고 명쾌하게 답할 수 없는 게 여전히 많으니, 답답했다가 비탄스러웠다가 화가 솟구쳤다가, 감정이 롤러코스터를 타는 일이 비일비재하다.

요즘 우리 사회를 보면 1950, 60년대 가난했던 시절이 있었 나 싶게 풍족해진 것을 느낀다. 과학기술이 발달해 생활은 나 날이 편리해지고, 거리에 나서면 화려한 빌딩과 쇼핑몰, 가게 들이 즐비하다. 영화의 한 장면처럼 멋진 자동차에 세련된 차 림으로 유명 셰프의 식당에서 담소를 나눈다. 주말엔 쇼핑이 나 취미생활을 하고 외국의 휴양지에서 휴가를 보내는 것이 더 이상 낯설지 않다.

문제는 이 반대편에 드리운 그늘이 짙다는 점이다. 빈부격 차가 심해지면서 가난과 질병으로 고통받는 이들이 늘어나고 있다. 개천에서 용이 나오는 시대는 끝났기에 일찌감치 냉혹 한 삶의 현장에 던져진 아이들은 자라서도 그 환경에서 벗어 나지 못한다. 폭력과 차별이 일상인 이들, 노력해도 나아지지 않는 삶에 절망하는 이들이 우리 사회 어디선가에 살고 있는 것이다.

안정적이라고 여겼던 삶의 기반이 어느 날 갑자기 무너지기도 한다. 예기치 못한 사건 사고로 그동안 공들여 쌓아 올린 탑이 허물어지는 것이다. 원하는 대학에 들어갔으니까, 취직했으니까, 결혼했으니까, 내 집을 마련했으니까, 이만하면 중심은 아니라도 밀려난 건 아니겠지, 안도하고 있다가 뒤통수를 호되게 얻어맞는 것이다. 비로소 내 자리가 견고한 성이 아니었음을, 영원히 견고한 것은 존재하지 않는다는 것을 절감하기에 이른다.

내가 딛고 선 이 땅은 단단한 것일까, 안전한 곳에 제대로 정착한 것일까, 의심이 스물스물 기어오르고, 믿고 기댈 수 있는 것은 존재하는 걸까 의문에 그렇다고 명확하게 말할 수 없다. 60년 조금 못 되는 시간을 살아온 이력으로 그럴듯한 답을 가늠할 수가 없는 것이다. 불가해한 것들은 더 힘이 세지고 그 앞에서 나는 더 왜소해진 것을 확인하게 될 뿐.

그래서일까, 자꾸 조급해지고 서두르게 된다. 아름다운 장면을 보면서도 편안하지가 않고 답답한 상황에선 화부터 난다. 특히 청년들 문제를 다룬 프로그램이나 글을 보면 더 그렇다. 취업난에 핏기 없이 학원과 독서실만을 오가는 청년들을 보면 안타까운 마음 한편으로 화가 솟는다.

최근 한 TV 프로그램에서 오로지 취업 준비에만 몰두하기 위해 인간관계를 포기했다는 청년을 보았다. 대학 대신 미용실에서 기술을 익히고 있는 20대 초반 미용사, 넉넉하지 않은 형편이라 아르바이트를 하면서 5년째 승무원에 도전하고 있는 30대 초반 여성, 긴 연휴에 노량진에서 공부하기에 여념 없는 공시족들을 보았다.

　부모와 가족 외에 전화번호를 모두 지워 달랑 5개의 전화번호만 남아있는 청년의 핸드폰을 화면 가득 클로즈업해 보여준다. 150만 원 급여가 모자라지 않느냐는 제작진의 질문에 젊다 못해 어린 미용사는 쑥스럽게 웃으며 일하다 보면 돈 쓸 시간이 없어서 괜찮다고 말한다. 5년째 낙방의 고배를 마셨지만 지금도 노력 중이라는 여성은 이야기하면서 결국 눈물을 보인다.

　하나같이 착한 인상에, 억울하다고 화를 내지도 않고, "더 열심히 해야죠, 뭐."하며 모든 책임이 공부를 덜 열심히 한 자신에게 있는 듯이 말하는 청년들을 보고 있노라니 참담했다. 자신의 처지에 분노를 터뜨릴 만도 한데 그저 열심히 하겠다는 순한 청년들만 보여주는 제작진이 괘씸하기도 했다.

낭만과 꿈, 사랑, 호연지기… 예전에 '청춘'에서 떠올리던 말들은 이제 취업난, 백수, N포세대 같은 말들로 바뀌었다. 대학을 졸업하고 성실하게 살면 어느 정도 수준에 오를 수 있던 세대였던 내가 이들에게 무슨 말을 해줄 수 있을까? 열심히 하면 성공할 수 있다는 말은 무책임한 거 아닐까? 좋아질 거라고 위로하는 건 기만이 아닐까?

아둔함에 답답하던 중 만난 김수영의 시는 "서둘지 말라"고 나직하게 말해준다.

애타도록 마음에 서둘지 말라

강물 위에 떨어진 불빛처럼

혁혁한 업적을 바라지 말라

개가 울고 종이 들리고 달이 떠도

너는 조금도 당황하지 말라

(중략)

기적소리가 과연 슬프다 하더라도

너는 결코 서둘지 말라

서둘지 말라 나의 빛이여

바라는 것은 많은데 이룬 것은 없으니 당황스럽겠지만 당황하지 말고 서둘지 말라.

시인의 말은 무력감과 분노와 도피하고 싶은 심정과 변명이 뒤엉킨 마음을 위로해준다.

60 가까운 나이란 혜안을 얻는 나이가 아니라 여기저기 고장 나는 나이임을 받아들이고 여전히 알 수 없는 게 많으니 어른 노릇을 하리라는 기대는 접어두기. 바라지는 말고 할 수 있는 만큼 노력하기. 아둔하지만 서두르지 말기.

그러다 보면 조금은 나아지지 않을까 다독여 본다.

회상의 파문

추석 연휴 지나고 친구들과의 단톡방에 고즈넉한 사진 두 장이 올라왔다.

벽돌색 나지막한 시골 교회의 종탑과 코스모스가 환하게 피어있는 풍경이다. 작은 십자가가 올라앉은 지붕 아래 종이 매달려 있다. 종은 아무 장식 없이 단순한 모양이어서, 만든 이의 소박하면서도 정직한 마음이 오롯이 전해진다. 잎이 거의 없는 가지들이 하늘 향해 쭉쭉 뻗어 올라간 키 큰 나무 한 그루가 그 옆에 서 있어서인가, 우듬지에 동그마니 새집이 올라앉아서인가, 세속과 무관한 듯 평화롭기 그지없다.

사진에 곁들여 올라온 사연은 할아버지에 대한 회상이었다.

종탑 중간 지점엔가 질박한 글씨체로 "1965. 3. 17. 준공"이라 새긴 현판이 붙어 있는데, 친구의 할아버지가 장로 장립 20주년을 기념하여 세운 것이라고 했다. 친구에게 할아버지는 좋은 영향을 많이 끼친 분이었으므로 할아버지 성묘 가는 길은 아무리 정체가 심해도 코스모스 하늘거리는 길 따라 소풍 가듯 즐겁다는 얘기였다.

좋은 사람, 좋은 기억이란 게 참 따뜻하구나, 나도 모르게 흐뭇해져 사진을 다시 한번 들여다보았다. 그러다 퍼뜩 스치는 생각이 내가 토 달지 않고 그냥 좋다고 느끼는구나, 하는 자각이었다.

젊은 시절 유신독재와 광주민주화항쟁을 겪은 세대라 그런지, 현실에 대한 비판의식이 몸에 배었다고 할까, 자동적으로 시시비비를 따지는 나를 수시로 발견하곤 한다. 좋다는 감정조차도 이게 순수한 감정일까? 어떤 점에 끌린 걸까? 왜 좋다고 느끼지? 분석하기 일쑤이다.

우리 세대 많은 사람이 비슷하리라 싶은데, 나에게 성장이란 어린 시절 옳다고 배웠던 것들이 모두 옳은 게 아님을 알아가는 과정이었다. 특히 우리 사회의 이런저런 사실을 새롭게 깨닫는 과정이었다.

처음 사회에 관심을 갖게 된 것은 아마도 고1 무렵이 아니었나 싶다. 광고가 사라진 신문을 받아들고 당혹스러웠던. 정부의 눈치를 보는 기업들이 광고를 싣지 않아 신문 아래가 허옇게 비어 있었던 것이다.

그러나 텅 비어있던 신문 하단은 곧 시민들이 자발적으로 낸 광고들로 메워져 크고 작은 조각들로 이어 붙인 조각보 같아졌다. 언론자유와 민주화를 수호하자는 취지의 다양한 표현들로 이루어진 광고들을 읽노라면, 어른의 단계로 훌쩍 올라간 느낌이 들었다. 눈시울이 뜨거워지는 한편으로 금지된 세계에 발을 내딛는 듯한 짜릿함과 함께.

대학 생활은 잦은 시위로 기대했던 낭만과는 거리가 멀었다. 멋 부리고 미팅에 나가는 일상 한 편에, 학교 안에 상주하는 형사가 있고 어떤 교수님 수업에는 감시자가 있다는 소문이 돌고, 누군가가 잡혀갔다는 소식이 들리는 암담함이 공존하는 나날이었다.

나는 미팅에 열심히 나가는 부류였지만, 누군가는 구호를 외치며 시위대 속에 섞여 있음을 알고 있기에 철없이 시시덕 거리지는 못했다. 저들처럼 하지는 못하지만, 사회정의를 위해 개인의 안위를 버리는 그들에 대한 존중이 퍼져 있었고, 혼자만 안온하게 지내는 것에 대한 미안함 같은 것이 역시 존재 했기 때문이다. 그러다 보니 오락영화든 게임이든 아무리 재미있어도 재미있다고 깔깔대기는 어려웠다. 뒤에서 누군가 내 뒷덜미를 슬그머니 잡아끄는 듯해 한 발 뒤로 물러나곤 했던 것이다.

정점은 4학년이던 80년 봄. 언론은 광주에서 폭동이 일어났으니 유언비어를 퍼뜨리지 말 것을 경고했지만, 언론을 믿지 않은 지 오래인 우리는 그 내용이 다 사실이라며 낮은 소리로 소근대곤 했다. 휴교령이 내려져 대학 정문은 굳게 닫혔고 군인들이 그 앞을 삼엄하게 지켰다. 놀러나 가자고 친구들과 강촌에 갔다가 햇살에 반짝거리며 무심하게 흘러가는 강을 먹먹하게 바라보던 것도 떠오른다.

그럼에도 나를 포함한 보통 사람들은 분노와 저항을 잘 다스려 보이지 않게 치워놓고는 밥 먹고 일하고 연애하며 잘 살아갔다. 속물성에 대한 자책은 가끔 솟아올랐다가 안정된 삶을 추구하는 욕구에 눌려 번번이 사그라졌다. 그러면서도 젊은 날의 습관은 완전히 사라지지 않아서 "인생을 즐겨라" 같은 말에 덥석 응하지 못하게 만드는 뭔가가 계속 남아 있었다. 재미있다고 좋은 건 아니지 않나, 사소한 것에서 기쁨을 느끼는 것은 소시민적이 아닌가 하는 자기검열도 여전히 작동하면서.

어느 날 거울 속 내 얼굴에서 세월의 흔적을 살피다가 문득 지나온 시간을 되돌아보게 되었다. 말이든 글이든 행동이든 예외 없이 분석하고 비판해 온 게 꽤 오래되었다는 깨달음이 오면서, 이제 그만하고 싶다는 생각이 들었다. 그동안의 자기검열은 비겁한 자의 자기 보호였으니 그만 내려놓고, 숨은 의도를 찾기보다는 액면 그대로 받아들이고, 좋은 것은 그대로 인정하자는. 나이 들어감에 비례해 너그러움과 평안이 점점 커지면 좋겠다는 생각도.

그러자 마음이 평화로워졌는데, 마침 친구가 따뜻한 사연을 올린 것이다.

"좋은 기억의 힘, 참 좋네. 사소해 보일지라도 따뜻한 기억을 갖고 있으면 세상이 좀 더 살 만해지겠지."하는 답글을 다는데 미소가 절로 지펴지고 있었다.

좋은 기억이 세상에 퍼뜨리는 좋은 영향. 참 좋다.

"엉? 어, 어…"의 말하기

사십 년도 더 지난 장면이 시간을 거슬러 올라와서는 물끄러미 나를 내려다본다.

강촌에서 강을 바라보고 있는 나와 친구들.

읽던 소설에 강촌 여행이 나와서였다.

삼십 년 전, 한 친구의 스물일곱 번째 생일모임을 의논하다가 불현듯 강촌 여행을 결정한 네 명의 친구들의 이야기이다. 불확실하지만 꿈이 있었고 서로 걱정해주고 챙기던 이들은 이후 이해할 수 없는 삶의 물살에 속수무책으로 떠밀려 온다.

한 명은 자살하고 두 명은 원수가 되는 등, "어쩌다 이렇게 되었는지 알지 못한 채" 삼십 년 전의 여행을 "오로지 즐거웠던 추억으로만 채색하려 애써 왔"던 것을 뒤늦게 깨닫는 화자의 모습은 우리 삶에 존재하는 '불가해한 구멍'에 대한 '무지와 무력감'을 처절하게 인식하게 했다.

나의 강촌 여행도 세 명의 친구들과 함께였다. 그런데 그중 한 명이 이 세상에 없고 또 다른 한 명과는 연락이 끊겼으므로, '불가해한 구멍'까지는 아니더라도 젊은 날 예감하지 못했던 결락을 나 역시 피해 가지 못한 셈이다.

대학 4학년, 모든 대학에 휴교령이 떨어졌던 때. 광주에서 일어난 일이 명확히 무엇인지 모른 채, 흉흉한 유언비어가 떠돌던 시절이었다. 정부는 유언비어를 유포하는 자는 벌할 것이라고 엄포를 놓았는데, 사실은 모두 맞는 말이래, 쉬쉬하면서, 그 내용이 하도 끔찍해서 진짜 유언비어면 좋겠다는 마음으로 하루하루 보내던 어느 날, 학교 정문이 굳게 닫힌 채 계엄군이 그 앞을 삼엄하게 지키고 있는 것을 멀리서 바라보다가 여행이라도 가자고 강촌으로 떠났던 것이다.

방에서 사슴벌레가 나온 소설과 달리, 우리가 묵었던 방은 평범했다. 그래서 방에 대한 기억은 딱히 없고 대신 반짝이던 강의 기억이 선명하다. 잔인하고 납득할 수 없는 일들이 벌어지는 현실은 나 알 바 아니라는 듯 고요하면서도 표표히 흐르고 있던 강. 아침 맑은 햇살을 받아 빛나는 윤슬이 눈물 나게 아름다운데. 이 와중에 아름답다는 느낌이 든다는 게 부조리해 복잡했던 심경도.

그리고 같이 강을 바라보면서 시국에 대해 흥분하던 경이 있었다.

경을 처음 본 날, 세속적인 일에 관심 없는 듯한 태도에 매료당했다.

대학 1학년 때 수랑 다방에서 놀고 있는데, 경이 수를 보고 반가워하며 우리 자리로 왔다. 둘이 고등학교 동창이었던 것. 나와도 간단 인사를 하고 바로 오래된 친구처럼 수다를 떨었는데, 경은 당시 이슈에 대해 거침없이 얘기했다. 똑똑한 친구라는 느낌이 확 들었다. 다소 산만한 행동도 일상과 거리 먼 문학 속 인물처럼 보여 근사했다. 수의 말이 그런 인상을 더 강화시켰다. "지난번 써클에서 발표하는 걸 들었는데, 너무 말 잘하고 똑똑하더라."

그날 이후 또 다른 친구 영과 함께 우리 네 명은 대부분의 수업을 같이 들으며 단짝 친구로 지냈다. 그런데, 처음엔 신선하게 다가왔던 경의 무심함이 거의 매일 보며 자질구레한 일상을 나누는 사이가 되고 보니 조금씩 불편해지기 시작했다. 커피잔을 건드려 커피를 흘린다거나 약속을 까먹고 늦게 오고, 같이 하기로 한 과제를 잊어버리고, 눈화장 한 것을 잊고 비벼대서 눈 주변이 지저분해지고… 사실 애교로 봐줄 수도 있는 일들인데, 반복되다 보니 우리의 대응이 짜증 섞인 것으로 변해갔다. 열을 내서 현실을 비판하는 모습도 소소한 실수들에 묻혀 더 이상 빛나지 않았다.

"넌 맨날 왜 그래? 좀 차분해질 때도 됐잖아." 우리 중 가장 깔끔한 영이 참다못해 한마디 하면 경은 "엉? 어, 어…" 하며 쑥스럽다는 듯 웃곤 했다. 어색하거나 계면쩍을 때 경은 "엉?" 하고 한번 말끝을 올려 반문하듯이 말하고는, 곧이어 "아, 그렇구나" 하듯이 "어, 어…" 하는 말을 습관적으로 덧붙이곤 했다.

졸업 후 각자의 길을 가다 보니 만나는 횟수가 점차 줄었고, 경은 취업 면접장에서 알게 된 남자와 결혼했다. 우리 중 가장 먼저였다. 몇 년의 시간이 흐른 뒤, 경의 첫 아이가 세 살쯤 되었을 때 수의 집에서, 더 시간이 흘러서 경의 둘째가 서너 살 되었을 때 경의 집에서 만났다. 매번 아이가 어찌나 떼를 쓰는지, 밀린 이야기를 나누지 못할 정도였다. 투정 부리는 아이들에게도 경은 "엉? 어, 어…" 하면서 달래고 있었다.

언젠가 전화 통화 중 경이 왈칵 화를 내고 끊어버린 적이 있었고, 수화기 너머로 딸애가 성질부리는 소리가 들려 온전히 대화를 이어 나가기 어려울 때도 있었다. 그때마다 경의 삶이 불안해 보여 다른 친구들과 의논하곤 했지만, 그때뿐, 내 삶이 바빠서 곧 잊어버렸다.

아이들이 어느 정도 자란 뒤엔 학원 강의를 나가며 편안해진 것 같았는데, 어느 날 홀연히 우리 곁을 떠나 버렸다. 암에 걸린 사실을 뒤늦게 알아 가 보지도 못했는데…

쉰을 막 넘긴 나이였다. 나중에 듣기를, 암이라는 사실을 알지 못한 채 끝까지 해맑았다고. 아마 알았더라도 "엉? 어, 어…" 하며 놀랍고 억울하지만 한편으로 납득된다는 표정을 짓지 않았을까.

"엉? 어, 어…"는 나도 문제를 알겠는데 어쩔 수 없어, 노력은 하는데 좋아지지 않네, 해결할 방도를 모르겠어, 하는 뜻 아니었을까. 드문드문 실수는 하지만 나름 최선을 다하는데, 의도와 달리 구멍이 생기니, 어찌할 바를 모르겠어, 하는 마음을 복합적으로 드러내는.

나 역시 수시로 겪는 당혹감이라서 경의 그 말이 더 답답했던 걸까. 생각해 보니 경은 우리에게 "너희는 뭐가 그리 불만이니?" 따진 적이 한 번도 없었다.

이런저런 옛 생각으로 잠 안 오는 밤, 경의 말버릇을 떠올린다. 멋쩍어하는 특유의 웃음과 함께. 틈이 좀 있다고 탐탁지 않아 했던 내 이기심, 경의 삶을 진심으로 이해하려 한 적은 없었다는 사실을 뼈아프게 받아들이는 밤이다. 또 후회하기 전에 연락 끊긴 영을 찾아봐야 할 것 같다.

슬픔의 얼굴

여전히 실감 나지 않는다.

이 세상에 엄마가 없다는 사실이. 특별한 일 없으면 주일마다 가 뵈었으니, 지금도 댁에 계실 거 같다. 나를 보고 활짝 웃으며 반가워하실 거 같다.

엄마가 떠나고 한 달 남짓 시간이 흘렀다. 진득하게 앉아 있지를 못한다. 책 몇 장 읽다가 공연히 핸드폰 열고, 글 조금 쓰다가 일어나 서성이고, 문득 떠오르는 생각에 눈물 어리고.

오늘도 책을 읽고 있다가 불쑥 핸드폰에 저장된 사진을 훑었다. 엄마 영정사진으로 쓴 사진을 찾아 들여다본다. 큰동생 집에서 핸드폰으로 찍은 사진이다. 동생이 엄마 어깨를 감싸고 나란히 앉아 있는 사진인데, 환한 미소가 좋아 영정사진으로 썼다. 멋쟁이답게 목에 스카프를 두르시고, 나는 편안하니 너희도 걱정 말라고 하시는 듯 웃고 계신다.

어릴 때 엄마는 내 롤모델이었다. 또래 여성들이 대학 가기도 어려운 시절에 석사를 마쳤고 미인이기도 해서, 난 왜 엄마를 안 닮았나 속상해했다. 유학 가서 더 공부하고자 했던 계획은 결혼하고 나를 낳으면서 접게 되었다. 이어서 남동생 둘까지 우리 삼남매 키우는 데 주력하시다가 막내가 초등학교에 들어가자 글쓰기와 서예를 다시 시작하셨다.

이후 수필가로, 서예가로 활동하면서 대학에서 강의도 병행하셨다. 하나만 하기도 힘들 일에 모두 열정적으로 임하셔서 수필집 7권과 선집 3권을 내셨고, 대한민국 미술대전을 비롯한 여러 대회에서 입선을 했고, 국내외에서 십수 차례 서예 전시회를 열고 서실을 운영하며 제자를 키우셨다.

이렇게 바쁘게 살아오셨으니, 좀 쉬라는 뜻이었을까.

3년 8개월 전 맹장염으로 수술하고 보름간 입원해 있다가 집에 돌아오신 엄마는 조금 달라졌다. 다른 건 다 그대로인데 기를 쓰고 매달렸던 것만 놓은 것 같달까. 그동안 온 힘을 다해 잡고 있던 것을 슬그머니 내려놓은 느낌이 들었다. 만족스러운 작품이 나올 때까지 쓰고 또 쓰고 하던 세월을 이젠 흘려보내고, 써도 그만, 안 써도 그만인 세계에 가 닿은 듯했다.

예민하게 촉 세우던 더듬이가 순해지고, 꽉 조여있던 나사가 느슨하게 풀린 듯, 목까지 꽉 채웠던 단추를 한두 개 풀어 놓아 헐렁해진 듯, 90년 엄마 생을 관통해 온 욕망과 노력들이 가라앉아 고요하면서도 허허로운 빈 들판에 서 있는 것 같았다.

엄마 스스로 '악바리'라 표현한 대로, 엄마에게는 힘들다고 하면서도 밤을 새워서라도 완성하는 근성이 있었다. 그러다가 병나실라 쉬엄쉬엄하라고 하면, 그래서야 어떻게 책을 내냐면서 성질을 내곤 했다. 맹장 수술 직전까지도 한 달 남은 미수 기념 수필집 원고를 매만지고 전시회 일정 조율에 여념 없으셨는데, 수술 직후에도 수필집 걱정을 했는데, 그사이 어떤 일이 벌어진 걸까. 수필집 얘기를 꺼내면 "나중에 해도 되지, 뭐. 안 내도 그만이고…" 하셨다.

그동안 써야 할 에너지를 다 쏟아부었으니 앞으로는 무념무상, 마음 편히 지내라는 하나님 뜻이었을까. 정말로 엄마는 그 뒤 순하고 편안해졌다. 불만이라곤 모르는 사람같이 수시로 "고맙다" "좋다" 하시고, 몸 어떠시냐고 물으면 "나야 잘 먹고 잘 자고 걱정이 없지." 하시며 또 "고맙다"고 함박 웃으신다. 안부 문자 드리면 "고맙다" "몸조심해라" "맛있게 먹어." 꼬박꼬박 하트와 함께 답이 왔다.

내 마음도 따라서 말랑말랑해져서 듣기 좋은 말 잘 못 하던 내 입에서 오늘 우리 엄마 얼굴 좋아지셨네, 환해지셨네, 주름도 없고 피부 좋으시네, 이런 말이 술술 나왔다. 간병하시는 여사님이 정말 팽팽하시다며 옆에서 맞장구를 치면, 혀를 쏙 내밀고 장난스런 표정으로 엄지척을 하셨다. 한바탕 웃음꽃이 피면서 더할 나위 없이 평화로운 시간이 흘러갔다.

하지만 시간이 가면서 엄마의 인지기능은 조금씩 나빠졌고 육체적으로도 기력이 눈에 띄게 약해졌다. 그리고 언젠가부터 문자의 철자가 틀리기 시작했다. 그래도 처음엔 짐작할 수 있는 정도였는데 어느 날 보낸 문자는 통 감이 잡히지 않았다.

"내 대" "ㄷ ㅎ" "내 디" "ㅏ" "달아" "나 ㅐ 애" "내 ㅏ 달아"

"내 도"

이렇게 이어지고 있어 무슨 말인지 알아내기가 어려웠는데, 한참 오타가 이어진 끝에 완성된 문장은 "내 딸아!"였다. 생각지도 못한 문장에 왈칵 눈물이 솟구쳤다.

그 뒤로도 철자 틀린 '내 딸'은 계속되었고, 작년 설에는 말로 표현하셨다.

오후에 낮잠을 주무시다가 일어나시더니 "이제 일어나 나갈 거다."라고 하셨다. 꿈을 꾸셨나 해서 "꿈꾸셨어? 어디로 가실 건데?" 물으니 "아무 데고 나갈 거야. 내가 나가도 슬퍼하지 말아." 하셨다. 순간 할 말을 잃고 멍해졌는데, 그런 나를 물끄러미 보시더니 "내 딸, 이쁘다." 하며 미소를 지으셨다.

'내 딸'이란 말. 한 번도 쓰시지 않던 표현이다. 우리나라 정서에는 '우리 딸'이 더 자연스러운데, 아버지가 안 계시니 '내'라고 했을까. 엄마의 존재감을 드러내려는 것일까. 이유를 명확히 알 수는 없지만 엄마와의 밀착감이 강하게 느껴져 '우리 딸'보다 좋았다.

엄마가 건강하실 때 하나 있는 딸이 엄마 편을 들지 않는다고 푸념을 하실 정도로 나는 따박따박 따지기 좋아했던 딸이었으므로, 엄마 기억에 툭하면 입바른 소리 해서 서운했던 딸로 저장되어 있는 건 아닐까 걱정했었다. 그런데 "내 딸, 이쁘다." 하시니, 이쁜 딸, 살가운 딸로 생각하시는구나, 엄마가 다 품으셨구나, 싶어, 죄송스러운 마음과 감사가 한데 뒤엉켜 올라왔다.

설을 앞두고 "내 딸, 이쁘다" 하시던 게 자꾸 생각난다.

이제 엄마가 없는 설을 맞게 되는구나. 가슴에 뻥 구멍이 뚫려 바람이 휘휘 몰아치는 것 같아 엄마가 보내셨던 문자를, 틀린 철자로 이뤄진 문장을 들여다본다.

엄마의 빈 자리가 파문 일 듯이 번져간다.

슬픔과 자책 저 아래를 헤집어 보니, 그래도 3년 동안 엄마가 평안하셨으니 다행이라고 위안 삼으며, 간간이 엄마를 보살필 수 있었던 것이 감사하다는 심정이 뒤섞여 있다. 조금이나마 내 힘을 보탰다는 사실로 인한 안도라니, 자식이란 어쩔 수 없는 이기적인 존재인가, 한심할 뿐이다.

向

방향

나는 길치 버스기사입니다

사회자가 재미있어 종종 찾아보는 텔레비전 프로그램이 있다. 토크 콘서트 형식인데 방청객들의 이야기가 중심인 점도 마음에 든다. 그날의 주제가 있어서 방청객이 미리 주제와 연관된 사연을 적어내면 몇 개를 선택한다. 그리고 그 주인공을 찾아 이야기를 듣는 것이다. 그러면 다른 사람들이 그에 대한 의견을 자유롭게 덧붙인다.

각 분야 전문가라 할 만한 사람 두 명과 대체로 연예인인 초대 손님이 단상에 앉고 이들과 조금 사이를 두고 옆으로 초대가수들이 (대개 2~3명 정도의 그룹이다.) 앉는다. 사회자가 단상 단하를 가리지 않고 왔다 갔다 하면서 진행하기 때문에 격식 따지지 않는 편안한 분위기이다. 사이사이 전문가가 덧붙이는 견해도 특별한 지식을 알려준다는 차원이 아니라 자신의 경험을 이야기하는 식이어서 다른 이야기들 속에 자연스럽게 녹아 들어간다.

슬픈 이야기부터 감동적인 이야기, 우스운 이야기 등 정말 다양한데, 말하는 이 듣는 이 나눌 것 없이 다들 따뜻하고 공감 능력이 크다. 누군가 부모님의 이혼이나 사별, 사회에서 받는 차별, 어려운 형편 등등에 대해 이야기하면, 자신도 그랬는데 이겨낼 수 있었다고 하며 힘내라고 또 다른 누군가가 말해준다. 환경미화원이라는 젊은이가 자신은 이 직업이 자랑스러운데 사람들은 그렇게 생각하지 않는 것 같다고 말하면, 아니라고 너 훌륭하다고 박수를 쳐 준다.

그래서 보다 보면, 착한 사람만 모아 놓았나, 아니면 미리 짰나 하는 의구심이 생기기도 한다. 행복 지수가 낮고, 돈 있다는 사실만으로 아랫사람을 함부로 대하고 구타까지 하는 이가 있는 사회와는 전혀 다른 세상인 것 같아서이다. 도덕 교과서에선 중요하다고 설파하지만 실생활에서 무시된 지 오래인 이타

심, 희생정신, 타인에 대한 배려가 여기선 오롯이 살아 있다. 비리와 부정은 일부 재벌이나 공직자들에게서나 보이는 것이고 보통 사람들은 이처럼 건전한 걸까? 비리를 저지를 정도로 유능(?)하지 못하기에 이처럼 평범하게 살아가는 걸까?

다른 이의 이야기에 울고 웃고 같이 분노해주는 이들을 보며 팍팍한 현실을 잠시 잊는다. 바로 녹아버리는 아이스크림처럼 값싼 위안이라는 자성이 마음 한구석에서 고개를 들지만, 어쨌거나 훈훈한 사람들을 보는 건 위로가 된다.

특히 인상적인 부부가 있었다. 그날의 주제는 버스였는데, "남편은 버스 기사, 길치입니다."란 사연의 주인공이다.

기사가 길치라니? 그게 가능해? 궁금한 마음으로 TV 앞으로 다가앉았다. 40 중반 되었을까 싶은 여성이 마이크를 잡았는데, 울산에서 왔다고 한다. 뚱뚱한 몸집에 안경을 썼다. 눈썹을 다소 진하게 그려 입 다물고 있으면 세 보이기도 할 인상이지만, 넘치는 웃음이 그런 느낌을 지워버린다.

남편의 길치 증상은 연애 시절로 거슬러 올라간다. 경주 나들이를 가는데, 좌회전 우회전을 하지 못해 계속 직진만 했다. 그러다 보니 경주를 지나쳐 포항까지 갔더라, 할 수 없이 거기서 도로 뒤돌아 직진해서 돌아왔다. 결혼한 지 9년 차라 수없이 처가에 갔지만, 아직도, 여기서 꺾어? 저기서 들어가? 하며 계속 묻는다. 내비게이션 설명을 잘 알아듣지 못해 아내한테 묻는다.

그러면 버스는 어찌 운전하나? 역시 아내 없이는 못 한다. 운행 전날 미리 정류장과 길에 대해 아내가 가르쳐주면 외운다. 그런데 그렇게 외워도 잊을 때도 많다. 그럴 때는 손님에게 물어본다고 한다. 어느 날은 정류장을 지나친 것도 모른 채 가다가 좀 이상해서 뒤를 보니, 지나쳐온 정류장에서 사람들이 손을 흔들고 있더라고. 그래서 다시 돌아가 태우기도 했다는 믿기 어려운 이야기들이 이어진다.

하여 이 노선을 자주 이용하는 승객들은 아예 기사 바로 뒷자리에 앉아 알아서 길 안내를 해준다고. 그러다 보면 살아가는 이야기도 나누게 되고 친해진다. 그래서 승객들이 먹을 것도 챙겨주고 좋아해 줘서 행복하다고 한다. 기사가 되기 전 사무실 안에서 일했는데 갑갑해서 싫었다고. 지금 버스에서 많은 사람을 만나고 이야기도 나누는 게 너무 즐겁다고 하니, 길치인데 버스 운전이 적성에 맞는다는 모순이 성립하는 것이다.

이야기는 주로 아내가 하고 남편은 곁에서 웃음으로 맞장구를 친다. 둥근 눈매가 순박해서 한 눈에도 선한 사람이라는 걸 알 수 있다. 길을 가르쳐주면 "아하! 그렇구나!" 한다는 표정이 세상 부러울 게 없는 어린아이의 얼굴이다. 이야기하는 아내의 얼굴에도 웃음이 가득하다. 이야기 내용은 남편의 실수담이지만 전달하는 어조에 애정이 듬뿍 담겨 있다.

나도 따라 웃으면서 푸근한 장면을 상상해본다.

정류장을 지나치면 승객들이 알려주고, 기사 뒷자리에 앉은 할머니가 "아니, 아니, 그쪽 말고 왼편으로 꺾어야 혀." 말해주면 기사는 "아하!" 하며 방향을 바꾸는 버스. 버스에 오르면서 "안녕하세요?" 인사하고 승객끼리도 "어제 친정 다녀온다더니 잘 다녀왔나?" "감기 심한 건 좀 어때?" 하며 담소를 나누는 버스. 보퉁이에서 떡 한 덩이, 사과 한 알 꺼내서는 기사에게 건네고, 기사는 함빡 웃으며 잘 먹겠습니다, 인사하고.

이 길을 지나는 사람들도 너그러우리라. 정류장을 지나치다 후진하는 버스를 보며 아니, 저 기사가 미쳤나 하지 않고, 아하! 또 그 기사님이구나, 하며 웃어넘기고, 유난히 웃고 있는 얼굴이 많은 버스를 보며 손을 흔들어 줄 것 같다.

사람이 바글바글 복잡한 대도시에서는 절대 꿈꿀 수 없는 풍경이리라. 남보다 빨라야 성공한다는 일념으로 휘몰아치는 사회에서도 불가능하다. 경쟁이 중요하지 않으므로 천천히 해도 괜찮고 그래서 실수도 용인되는 사회, 여유와 느린 속도가 용납되는 사회에서나 가능할까.

부족한 부분이 있지만 비판하고 지적하기 이전에 이해해주고 웃음으로 포용할 수 있는, 나와 전혀 다른 성향이라서 이해할 수 없더라도 그대로 인정해주는 동네, 불가능하려나?

세상의 문을 열고

첫눈, 첫 발자국, 첫사랑, 첫 아이, 처음 가 본 길, 처음 맛본 음식, 첫 여행, 첫 학교…모든 단어에 '처음'이 붙으면 아련해진다.

순백으로 펼쳐진 눈밭에 처음 발을 내디딜 때의 설렘, 처음 가 보는 길 앞에서 어느 쪽을 가야 할지 망설이던 순간, 서툴러서 아름다웠던 첫사랑, 첫 아이를 안았을 때 온몸을 따뜻하게 감싸던 기쁨과 감동, 그리고 새로운 세상을 펼쳐 보이며 어린애 같던 내 사고에 묵직한 충격을 던졌던 책들을 기억한다.

그렇게 처음 마주쳤을 때의 두근거림을 기억한다. 지금도 그때의 느낌들이 어두운 밤하늘을 환하게 수놓는 불꽃놀이처럼 내 가슴속을 밝히고 있다.

첫 키스가 날카롭다는 것을 「님의 침묵」에서 배웠다.

> 님은 갔습니다. 아아 사랑하는 나의 님은 갔습니다.
> (중략)
> 날카로운 첫 키스의 추억은 나의 운명의 지침을 돌려놓
> 고 뒷걸음쳐서 사라졌습니다.

"이 시에서 '님'은 일제 식민지가 되어 버린 조국을 상징하는
거다. 만해는 '기룬 것'이 다 '님'이라고 하면서 석가의 중생, 칸
트의 철학, 장미화의 봄비, 마치니의 이탈리아를 예로 들었거
든. 그러니까 '님'은 민족이나 조국, 진리, 자연을 포함하여 모
든 그리움의 대상을 의미하는 거다. 알았나?"

선생님의 설명은 그다지 귀에 들어오지 않았다. 한창 감수성
이 예민한 여고생에겐 조국이나 진리보다 사랑하는 님을 향한
노래로 읽는 게 훨씬 더 감동적이었기 때문이다.

향기로운 님의 말소리에 귀먹고 꽃다운 님의 얼굴에 눈

멀었습니다

황금의 꽃같이 굳고 빛나던 옛 맹서는 차디찬 티끌이

되어…

아아, 님은 갔지마는 나는 님을 보내지 아니하였습니다

모든 구절이 절절했지만 특히 인상적인 부분은 '날카로운 첫 키스의 추억'이었다. 이 표현은 말랑한 사춘기 소녀의 가슴에 세찬 빗줄기처럼 강렬하게 아로새겨졌다. 왜 날카롭다고 했을까?

선생님은 애국심에 대해서만 계속 강조할 뿐, 이에 대해서는 별말씀이 없었다. 하지만 그 뜻이 명확히 이해되지는 않아도 달콤하다거나 황홀하다는 흔한 수사보다 훨씬 멋져 보였다.

'날카로운'의 날 선 어감은 '키스'에서 연상되는 로맨틱 무드와는 거리가 멀었지만, 그래서 오히려 강하게 각인되는 울림이 있었다. 아마도 예기치 못한 표현의 신선함 때문이었던 것 같다. 그 뒤로 '날카로운 첫 키스의 추억'은 '키스'와 관련된 모든 것이 궁금하던 우리들이 심심하면 인용하는 구절이 되었다.

좀 더 묵직한 키스의 맛을 경험한 것은 대학에 가서였다. 아무 상황에나 '날카로운 첫 키스' 운운하며 킥킥거리던 여고생들은 대학에 들어가 조금 진중해졌다. 시대 탓이었으리라. 진리와 자유의 깃발이 펄럭이는 이상향으로만 상상했던 대학은 무기력하게 엎드려 있는 늙은 짐승 같았다. 대학에 대한 실망은 수업을 빼먹기 위한 좋은 이유가 되었고, 자주 깔깔대던 소녀는 우울한 여대생으로 변해 교실 대신 학교 앞 다방에 앉아 시간을 보내곤 했다. 음악을 듣거나 책을 읽으며.

그렇게 내게 온 책들은 우물 안이 전부인 줄 알던 나를 우물 밖으로 밀어 올렸다. 누군가에게 뒤통수를 맞은 듯한 느낌으로 새로 조우하게 된 세계는 타인의 역사였다. 나와 나의 가족, 나의 친구, 내가 아는 사람들만의 세계에서 살아온 내게 다른 사람들, 다른 세계가 있다는 것을 일깨워 준 것이다.

사회, 역사 서적들로부터도 배운 게 많았지만, 역사의 그늘 밑 전혀 주목받지 못한 채 한 많은 생을 살다 간 자들의 이야기는 한국소설에서 길어 올릴 수 있었다. 주인공의 지적 사유와 타락한 세상에 대한 적확한 비판이 밤잠을 잊게 만들었던 최인훈의 『광장』, 제주 4.3사건 때 모든 것을 잃은 자의 황폐한 삶을 그려내 맘 아프게 했던 현기영의 「순이 삼촌」, 같은 시대를 살아가는 소외된 자들의 삶을 들여다보게 한 황석영, 조세희, 윤흥길의 소설들, 평탄해 보이는 삶 이면에 도사린 균열의 기미와 온갖 추잡한 측면을 그야말로 집요하게 짚어내는 오정희와 박완서의 소설들이 그 책들이다.

철저한 반공교육을 받으며 자란 세대라 『광장』의 주인공이 남한사회에 염증을 느끼고 북한으로 넘어가는 장면, 4.3사건이나 해방 후 정황에 대한 사실들을 접하면서 받았던 충격은 상당히 컸다. 그러나 이러한 사실들보다 나를 좀 더 강하게 사로잡은 것은 거대한 역사의 소용돌이 앞에서 아무 힘 없이 희생당해야 했던 자들의 아픔이었고, 그렇게라도 살아야 하는 삶의 불가해함이었다. 그리고 평온한 삶의 수면 아래 숨어 있는 위선과 뒤틀림을 예민하게 포착하는 박완서, 오정희 소설이 선사한 전율도 잊을 수 없다.

이렇게 내게 다가온 한국소설들은 나 자신을 겹겹 두르고 있던 외피를 찢고 새로운 세상을 향해 눈을 뜨게 한 계기를 만들어 주었다.

처음 맛보는 세계, 새로운 세계와의 조우는 미숙하고 무지

했던 나를 성년으로 나아가게 한 디딤돌이었고 그 날카롭고도
묵직한 키스의 추억은 그 후로도 오래오래 남아 내 삶에 영향
을 끼치고 있다.

봄이 자분자분 걸어온다

신호가 바뀌길 기다리며 무심히 길옆 나무에 눈길을 준다.

아, 어느새 새순이 살그머니 올라와 있다. 봄이 오는구나. 저절로 입가에 미소가 머금어진다. 나이 먹은 티를 내는 걸까, 추운 계절이 지나갔다는 게 그리 좋을 수가 없다. 올봄은 더욱 더…

개구리가 겨울잠에서 깨어 뛰쳐나온다는 경칩 다음날, 20년 근속 표창을 받았다. 입사동기 8명이 단상에 올라 차례차례 표창장을 받는데, 20년이란 시간이 언제 이리 빨리 흘러갔나 싶었다.

20년 전, 설레는 마음으로 신임교원 연수회에 참석해 처음 보는 동기들과 인사 나누던 때가 떠오른다. 30대 초반부터 40대 초반까지, 그땐 모두들 풋풋했는데, 이젠 모두 50대를 넘어선 중후한 모습으로 변했다.

당시 나는 인간관계나 사회에 대한 경험폭이 매우 좁은 풋나기였다. 학위를 마치고 모교와 몇 대학에서 강의한 게 내 사회생활의 전부였기에 내가 아는 사람들이란 부모님과 가족, 친구와 선후배, 스승 정도였다. 그러니 조직 생활의 생리나 위계질서 등에 대해 무지했고 중요하다고 생각하지도 않았다. 사람 말을 액면 그대로 믿고 갈등과 대립에 어떻게 대처해야 하는지 미숙하기만 한 우물안 개구리였던 것이다.

시간이 지나면서 세상이 교과서에서 배운 대로 움직이는 게 아니며 때로는 공정하지 않다는 현실을 차차 체득하게 되었는데, 그럴 때 동기교수들은 든든한 상담자면서 버팀목이 되어주었다. 답답한 속을 털어놓으면 들어주고 같이 분개해주는 교수님 덕에 마음을 다스릴 수 있었고, 훌륭한 인품을 지닌 분들을 보면서 방향키를 조종할 수 있었기 때문이다.

학교도 이분들의 됨됨이를 빨리 파악했는지 일찍부터 여러

보직을 맡겼다. 이들이 특히 큰 역할을 했던 때는 6년 여 전 학교에 위기가 찾아왔던 때이다.

순탄하게 유지되는 줄 알았던 법인에 이런저런 문제가 불거지면서 우리대학에도 그 불똥이 미치기 시작했다. 그동안의 평화로움이 진정한 평화가 아니었다는 사실이 곳곳에서 드러났다. 명약관화한 사실을 엉뚱하게 왜곡해 퍼뜨리고 사욕을 교묘하게 포장하고 이익 앞에서 너무 쉽게 무너지는 등, 외면하고 싶은 현상들이 삐죽삐죽 솟아오르기 시작했던 것이다. 나아가야 할 방향이 어디인지 찾지 못해 좌초하기 직전의 배와 같던 시기였다.

그런 와중에 불의한 세력에 휘둘리지 않고 꿋꿋이 학교를 지킨 기획실장, 누구에게나 겸손하면서도 꼼꼼하게 학교일을 살피던 교무처장, 학교를 살려보자며 학사모 모임을 시작한 교수… 이들이 우리 동기들이다. 그 당시 이들이 없었다면 우리 학교 운명이 어찌 되었을까 하는 생각을 가끔 하곤 한다.

그들 뒤를 이어 내가 교무처장이 된 시점은 이런 내분이 더심해질 때였다. 여러모로 능력이 모자라는 내가 감당하기에는 버거운 일들이 너무 많았다. 그나마 버틸 수 있었던 것은 동기들의 응원 덕분이었다. 내 어려움을 100% 공감해주고 '한다르크' 란 과분한 표현을 써가며 격려해주고, 화나는 일은 자신에게 분풀이해서 풀라고 하고, 밤늦게 전화해서 하소연해도 귀찮은 내색 없이 들어주는 등, 수시로 힘을 북돋워 주었기 때문이다.

사실 그전까지 나는 칭찬이나 위안에 대해 의심의 눈초리를 보내던 사람이다. 위로 같은 건 낯간지러워 잘 하지도 않았고, 또 받는 것도 좋아하지 않았다. 그런데 이들 덕에 따뜻한 말 한마디가 얼마나 큰 힘이 되는지를 실감하게 되었다. 무릎이 까져 피가 철철 나고 있을 때, 넌 왜 그렇게 잘 넘어지니? 찬찬히 좀 다녀라 야단치거나 넘어진 이유를 분석하기 전에, 아프지 않냐고 걱정해주는 것이 얼마나 고마운 건지 절절하게 느끼게 된 것이다.

시간이 어느 정도 흐른 지금 되돌아보면, 새봄에 꽃이 피어나기 위해 겨우내 얼어붙은 땅속에서 추위를 견뎌내야 하듯이, 나라는 인간이 세상을 알고 좀 더 여물어지는 과정이었다는 생각이 든다. 예기치 않은 일과 터무니없이 왜곡된 상황 앞에서 힘겨웠지만, 그 시기를 지나면서 그 전에 경험하지 못했던 것을 깨우치고 인간의 속성에 대한 이해가 깊어졌으니까.

자신의 생각과 다르면 무조건 비난하는 비이성이 버젓이 활개치는 것을 목도하면서, 사회적 지위가 높다고 해서 합리적 판단과 지성을 갖추고 있는 것은 아니라는 사실을, 이익에 따라 움직이는 사람이 생각보다 많다는 것을, 광풍이 휘몰아칠 때 옳은 방향이 어디인지 구별해내는 혜안을 갖고 자신의 소신을 지키고 진실을 바라볼 줄 아는 이는 실로 드물다는 사실을 실감하게 된 혹독한 수업시간이었다.

그래도 진흙탕 속에서 연꽃이 피어나듯이, 그런 속에서도 정직하고 바른 이들이, 정의와 진실의 힘을 믿는 사람들이, 비록 적더라도, 존재한다는 것을 확인할 수 있어 감사하다.

표창장 수여가 끝난 후 법인에 몇 가지 변화가 있다는 소식을 듣는다. 복잡하게 얽혀 있던 실뭉치가 조금씩 풀려나갈 것 같다는 기대가 싹튼다.

순간 힘들 때면 읊조리던 시구가 떠오른다.

기다리지 않아도 오고

기다림마저 잃었을 때에도 온다

눈 부비며 너는 더디게 온다

더디게 더디게 마침내 올 것이다

너, 먼 데서 이기고 돌아온 사람아

봄이 자분자분 걸어오고 있다.

따라가 볼까

출근할 때면 도로 상황에 따라 몇 가지 경로를 번갈아 이용한다. 연희동을 지나 홍제천을 왼쪽으로 끼고 있는 길은 이년여 전부터 알게 된 길이다.

천변으로 굵직굵직한 나무들이 줄지어 서 있고 오른쪽으론 나무들 사이로 허름한 식당 두엇과 우유 대리점, 낡고 빛바랜 연립주택, 자전거포 등이 낮게 엎드려 있어 고요하면서도 쇠락한 읍내 분위기가 난다. 지나가는 사람도 없어 시간이 정지된 복고풍 영화의 세트장 같은 느낌이다.

그리고 그 길 끝, 나는 좌회전을 한다. 신호를 기다리고 있노라면 자연스럽게 직진 방향의 길이 시야에 들어온다. 표지판을 보면 홍은사거리와 서대문 구청으로 가는 길인데, 일방이고 한 차선으로만 되어 있어서인지 그 길로 들어서는 차는 거의 없다.

양쪽으로 벚나무가 무성하여 봄이면 화사한 꽃구름이 두둥실 떠 있는 것 같고 여름이면 신록의 나뭇잎들이 지나가는 자동차 지붕에까지 닿을 정도로 드리워져 있다. 가을이면 누런 나뭇잎들이 바람에 우수수 흩날리고 겨울이면 앙상해진 나뭇가지 사이로 언뜻언뜻 드러나는 하늘의 창백한 빛깔, 계절마다 운치 있는 풍경을 연출한다.

길은 왼쪽으로 살짝 구부려져 있어 내가 서 있는 자리에서는 길이 시작되는 부분만 보인다. 끝은 보이지 않고 연분홍 꽃무더기를 머리에 인 나무들 사이로 뻗어있는 한적한 길. 조금 과장하면 천국으로 가는 길처럼 느껴지기도 한다.

저 길로 한 번 가보리라 생각하지만, 그때뿐, 늘 출근 시간 맞추느라 허둥지둥하는 터라 실행하지 못했다. 은희경의 소설 「아내의 상자」의 결말처럼 실망스런 풍경을 마주할지도 모르니 꿈으로만 간직하는 게 나을 거야 합리화하면서⋯

「아내의 상자」는 획일적인 아파트와 신도시처럼 규격화된 현대사회에서 스스로 열등한 종자라고 규정짓는 여자의 파탄을 그린 소설이다. 늘 공벌레처럼 웅크린 자세로 잠자는 폐쇄적인 여자와 달리 그녀의 남편은 규격화된 삶에 불만이 없으며 자신들의 삶이 평온하다고 생각한다. 남편이 아내의 불안을 짐작하지 못하는 사이 아내의 상황은 돌아오기 어려운 방향으로 점점 치닫게 되고 결국 아내가 요양소에 들어가는 결말을 맞는다.

그동안 살던 집을 정리하고 떠나는 날. 남편은 예전에 아내가 가보고 싶어 했던 길로 접어든다. 지리한 회색 포장도로가 아니라 풀이 북슬북슬한 방둑길 뒤로 연녹색 산속 오솔길이 나 있는, 일 년 여 전에 아내와 불임클리닉에 가는 도중에 발견했던 길이다.

그날 갑자기 끼어들어 이들의 자동차를 추월한 두 대의 스포츠카. 서로 상대 차를 향해 물총을 쏘는 장난을 하며 깔깔거리던 젊은이들의 자동차는 이들이 가는 방향과 달리 방둑길로 접어들어 산속의 오솔길 뒤로 사라진다.

한참 그들을 바라보던 아내는 "저 길로 한번 가보고 싶어요.”라고 했고 남편은 언제 한 번 나오자며 쉽게 약속한다. 그러나 봄이 가기 전에 가보자던 약속은 지켜지지 못했고 아내는 남편의 허락 없이는 나올 수 없는 요양소에 갇힌다.

남편 홀로 그 길로 들어서는데, 갑자기 산이 눈앞을 가로막는다.

무덤으로 가득 뒤덮인 거대한 산. 예기치 않은 황량한 풍경에 남편은 당황한다. 알맞게 구부러진 하얀 길에 꽃이 만발해 있어 선택된 사람에게만 열려 있는 길처럼 여겨졌는데 그 예상은 보기 좋게 엇나간다. 기대와 다른 삶의 민낯을 생경하게 드러내는 결말이다.

현재 서 있는 자리에서는 보이지 않는 구부러진 길 너머.

그곳에 무엇이 있을까 궁금해하면서 길을 가는 것이 우리네 삶이리라. 길 저쪽에 환한 풍경이 기다리고 있기를 소망하지만 매번 기대에 값하는 풍경을 만나는 것은 아니다. 오히려 실망스러운 경우가 더 많을 것이다.

“자신에게 주어진 길을 열심히 걸었더니 원하는 목적지에 도달했다.” 누구나 이런 결과를 얻는다면 얼마나 좋을까만 세상사는 그렇게 흘러가지 않는다. 그래서 길에 관한 수많은 이 야기들이 탄생하는 것일 게다.

탄탄대로도 있지만 구불구불한 산길이나 험한 돌이 박혀있 는 길, 발이 푹푹 빠지는 진창길, 눈이 쌓여 걷기 힘든 길들이 있다. 이 소설의 아내가 느낀 것처럼 선택된 사람에게만 열려 있고 정해진 시간이 지나면 닫혀버리는 길도 있을 것이다. 목 적지에 도착하려고 애를 써도 여전히 길 위에 있거나, 한참 지 나왔는데 옳게 가고 있는지 의심스러워지고 잘못된 길이라는 깨달음으로 망연한 경우, 되돌아가자니 너무 멀리 와 어찌할 바를 모를 때도 있다.

어떤 길을 걸어가든 그 여정은 수많은 시행착오와 땀과 눈 물로 얼룩져 있다. 길 저편으로 돌아갔을 때 만나게 될 상황에 대한 두려움으로 불안할 수도 있다. 그럴 때 힘을 북돋워 주고 심신을 다독이는 무언가가 있다면 훨씬 수월하리라. 그것은 길가에 핀 작은 들꽃일 수도 또는 시원한 나무 그늘일 수도 있 고, 따뜻한 말 한마디, 사랑하는 가족이나 벗이 내미는 손일 수 도 있다.

혹 기댈 것이 없더라도 절망은 금물이다. 자신이 처한 상황을 찬찬히 짚어보고 침착하게 한 발 한 발 내딛는 것이 중요하리라. 길 저편에서 나를 기다리는 것이 무엇일지 모르지만 쉽게 낙심하지 말 일이다.

오늘 아침도 저 앞에 펼쳐진 길을 바라보면서 내가 갈 길을 생각해 본다.

우리는 살아 있으니

요즘 코로나 19 때문에 차량이 줄어 출퇴근길이 여유롭다. 나만의 느낌인지 모르지만 자동차들 속도도 느려졌다. 음악을 들으며 천천히 운전하고 있으면 잠깐이지만 평화롭기까지 하다.

"저 들에 푸르른 솔잎을 보라…"

라디오에서 「상록수」가 흘러나온다.

마침 거리 양쪽에 늘어선 가로수 잎들이 어느새 연녹색으로 반짝이고 있는 것에 눈길을 보내던 차. 노랫말은 곧바로 나를 저 멀리 넓은 들판에 푸른 잎들을 매달고 서 있는 나무 곁으로 데려간다. 돌보는 사람도 하나 없는데 꿋꿋한 나무.

단순하면서도 아름다운 선율에 가사는 마음을 울린다.

> 우리 가진 것 비록 적어도 손에 손 맞잡고
> 눈물 흘리니
> 우리 나갈 길 멀고 험해도 깨치고 나아가
> 끝내 이기리라

"깨치고 나아가~" 한껏 고양된 음은 "끝내 이기리라"에서 장중한 대단원으로 막을 내린다.

순간, 뭉클하면서 눈물이 핑 돌고 괜히 다짐까지 한다.

맞아, 힘들지만 이겨내야지, 이겨낼 거야, 뭐 그런.

그러다가 이어서 다른 상념들이 스멀스멀 올라온다.

요즘 이런 마음을 간직하는 이가 얼마나 될까 하는, 회의적인 생각들이 번지면서 방금 전 나이 잊은 순수한(?) 소녀는 사라진다.

소나무가 언제까지 푸르게 서 있을 수 있을까? 비바람에 눈보라도 치는데… 가진 것 적어도 손 맞잡고 눈물 흘리는 이는 또 얼마나 될까? 서럽고 쓰린 날들이 지나간 게 아니라 또 다른 쓰라림이 기다릴 텐데, 끝내 이긴다는 것이 가능할까? 다짐에 그치고 만 경우는 또 얼마나 많은가?

시위 가담까진 못해도 시대의 아픔에 공감했던 우리 젊은 날. 속으로는 어떤 생각을 하는지 알 수 없어도 민주화를 이뤄야 한다는 대의에 의문을 품는 친구는 많지 않았다. 수업을 빼먹고 미팅에 나가고 고고장에 가서 놀면서도 시위 소식엔 귀를 쫑긋하고, 나만 편히 지내는 것에 대한 미안함 같은 걸 지니고 있었다. 개인의 안위보다 사회정의를 앞세우는 사람들은 존경의 대상이었고, 수많은 시련 앞에서도 굽히지 않고 이기리라는 그들의 의지는 숭고해 보였다. 우리 앞의 거대한 산을 넘으면 고난은 끝나리라 믿었던 시절이었다.

문득, 한 소설에서 인용한 시몬느 드 보봐르의 말이 떠올랐다. 가장 기뻤던 순간이 언제였냐는 질문에 노인이 된 보봐르가 답하는 장면이다. 그녀는 독일군이 퇴각한 파리 해방의 날을 꼽는다. 길가에 모여든 군중들의 환호성 소리가 드높이 울렸고, 삼색기가 나부끼는 시내를 사르트르와 하루종일 걸어

다녔다고 회상한다. 그 무엇도 그날의 열기를 멈출 수 없었던 그때, 그녀는 미래와 희망이 그들의 것이라고 생각했다고 말한다.

우리나라 해방 날처럼 기쁨에 넘쳐 서로들 얼싸안고 덩실 춤도 췄을 그들 모습이 눈앞에 보이는 듯한, 생의 정점에 대한 아름다운 회상이었다. 그런데, 그 뒤 이어지는 말이 내 마음을 아프게 건드렸다.

"알제리 전쟁이 일어날 거라곤 짐작도 못하던 시절이었죠."

목표지점에 도달해 이젠 다 이루었다라고 안도했는데, 그게 끝이 아니었음을 겪은 노년의 소회, 자유와 평화를 얻었다고 기뻐했는데 또 다른 전쟁을 목도해야 했던 이의 토로가 주는 울림은 묵직했다. 우리 역시 민주화를 이루면 많은 문제가 해결되리라 여겼지만 새로운 난제들이 꼬리를 물고 나타나고, 이번 고비만 넘기면 살만해지나 싶었지만 또 다른 산등성이가 눈앞을 가로막는 것을 겪어왔기 때문이다.

시간은 흘러 이제 우리는 좋고 나쁨을 명확히 가르기 어려워진 시대를 살고 있다. 그리고 시간은 젊은 날 그토록 굳건히 견지했던 소신이 바뀌기도 하고, 늘 정의로울 것 같던 사람도 달라질 수 있음을 보여 주었다. 고도성장이 멈추면서 청년층의 삶이 암울해지고 "개천에서 용이 나는" 일은 더 이상 기대할 수 없는 시대에 "가진 것 비록 적어도" "끝내 이기리라"란 말은 가슴을 뜨겁게 하는 말이 아니라 공허하고 무책임한 말이 되었다.

그러면 어떻게 살아야 할까? 어떤 마음으로 살아가야 할까?

신호등이 바뀐다. 어지럽게 번지던 상념을 걷고 서서히 엑셀을 밟는다.

결론을 낼 수는 없지만 우리는 살아있고, 살아있다면 최선을 다해 살아보자는 마음으로.

무력해 보여도 "끝내 이기리라"는 다짐도 때로 필요하지 않을까 하는 마음으로.

갈 수 없는 사람들

'집'이란 말, 언제 어디서 들어도 아늑해지는 말이다.

따뜻한 불빛, 그 아래 둘러앉은 식구들. 두런두런 나누는 이야기, 간간이 피어나는 웃음, 비바람이 몰아치거나 영하의 추위로 꽁꽁 얼어붙은 날, 우리를 안온하게 지켜주는 울타리.

그래서 집은 '밖'에서 힘겨운 시간을 보낸 우리를 포근하게 품어주는 '안'의 공간이다.

속내를 들여다보면 가족 간의 갈등과 대립이 엉켜 있기도 하지만, 일반적으로 '집'이란 단어가 불러일으키는 느낌은 안락함과 향수이다.

그런데 이러한 집이 허락되지 않는 삶이 있다. 하루아침에 집이 없어져 황량한 폐허에 놓인 사람들, 집에 가고 싶어도 갈 수 없는 사람들이 있는 것이다. 현실에서 닿을 수 없는 곳이 되었으므로, 이들에게 집은 가슴 속에서 '유토피아'로 자리 잡는다.

황석영의 「삼포 가는 길」은 1970년대 부초처럼 떠도는 이들을 그린 소설이다. 이 시기는 잘살아 보자고 근대화정책에 박차를 가하던 1960년대로부터 10년이 지난 시점이다. 1962년부터 시작된 경제개발 5개년 계획은 목표치를 웃도는 경제성장률을 이뤘고 1인당 GNP는 83달러에서 123달러로 높아졌다. 고도성장의 초석이 다져진 시기였으나, 경제개발의 수혜에서 소외된 이들이 늘어나기 시작한 시기이기도 하다.

농촌의 많은 젊은이들이 돈을 벌기 위해 도시로 향했지만, 현실은 기대와 달랐다. 공장에서 '수출의 역군'으로, 가정집에서 '식모'로 장시간 노동한 대가는 그리 크지 않았다. 금의환향을 꿈으로만 간직한 채 춥고 낯선 타향을 떠도는 이들이 생겨난 까닭이다.

「삼포 가는 길」의 첫 문장 "영달은 어디로 갈 것인가 궁리해 보면서 잠깐 서 있었다."는 이러한 삶을 명확하게 보여준다. 갈 곳이 없어 막막한 영달이 서 있는 곳은 새벽의 겨울바람이 매섭게 불어오는 들판이다. 겨울 새벽이라는 시간과 매서운 바람이 부는 들판이라는 공간은 안락한 집이 허용되지 않은 이의 고달픈 현실을 상징적으로 드러낸 장치이다.

이어서 등장하는 정씨는 영달과 같은 공사판에서 일했던 인물인데, 고향에 가는 중이라고 말한다. "길 위에 서 있"는 영달과 달리 "집으로 가는 중"이었던 것.

떠나온 지 10년이 넘었다는 정씨의 고향은 남쪽 끝에 있는 '삼포'이다. "한 열집 살까? 정말 아름다운 섬이오. 비옥한 땅은 남아돌아가구, 고기도 얼마든지 잡을 수 있구 말이지." 정씨가 회상하는 삼포는 이제 현실에서는 찾아보기 어려운 낙원과도 같다. 작가는 소설 끝에 가서 삼포가 육지로 변해 공사판이 되었다는 사실을 알리면서 풍요롭고도 아름다운 낙원은 더 이상 존재하지 않음을 확인시킨다.

그리고 백화가 있다. 열여덟에 가출해 술집으로 팔린 이후, 쓰린 일들을 겪어 스물두 살임에도 조로해 있다. 고향집이 그리워 근처까지 가본 적도 있지만 차마 들어갈 용기가 없다. 본명인 '이점례'의 시간에서 너무 멀리 온 것이다.

온몸이 어는 추위와 허기 속에서 눈 덮인 길을 가야 하는 세 인물의 여정을 통해 작가는 따뜻하고 정이 오가는 고향에서의 삶, '의리'와 '순정'을 지키며 사는 삶이 허용되지 않는 산업화 시대의 현실을 생생하게 보여준다.

또 한편으로, 전쟁으로 이제껏 누려온 삶이 무자비하게 파괴된 사람도 있다. 최근에도 우크라이나와 가자지구에서, 무차별적 공격으로 삶의 기반이 송두리째 흔들린 사람들을 보고 있다.

나딘 고디머의 짧지만 울림이 큰 이야기 「최고의 사파리」는 내전으로 고향을 떠나야 하는 모잠비크사람들을 그린 소설이다. 상황을 정확하게 파악하지 못하는 어린 소녀의 시점으로 그리고 있어, 참상이 더 아프게 다가온다.

정부가 노상강도라고 부르는 적군이 마구 사람을 죽이고 집들을 불 지르고 모든 것을 약탈해 간다. 전쟁터에 나간 아버지는 소식 끊긴 지 오래고 가게에 다녀오겠다며 나간 어머니도

돌아오지 않아 오빠와 남동생과 소녀만 남는다.

할머니가 아이들을 데리고 가 돌보다가 결국 집을 떠나기로 결심한다. 집을 떠나 안전한 곳까지 가는 여정도 험난하다. 그러나 선택의 여지가 없으므로 위험을 무릅쓰고 '그곳'으로 표현되는 곳까지 가는 여정을 시작한다. 그들이 지나가야 하는 곳은 크루거 공원이다. 크루거 공원은 '동물들만 사는 거대한 왕국'으로 관광객에게 '최고의 사파리'로 알려진 곳이다.

> *"아프리카 모험은 계속된다… 당신도 할 수 있다!*
> *최고의 사파리, 아니면 탐험 여행을 떠나자."*

소설이 시작되기 전 인용되어 있는 문구로, 〈옵서버〉라는 영국 잡지의 아프리카 관광 선전에서 따온 것이다.

작가는 이 광고문에서 소설 제목을 가져오면서 관광객에게 '최고의 사파리'인 공간이 누군가에겐 굶주림으로 허덕이고 동물의 위협에 무방비상태로 내던져진 잔인한 공간임을 선명하게 대비시키고 있다. 게다가 존재조차 숨겨야 한다. 이들이 공원에 있다는 사실이 탄로 나면 돌려보내기 때문이다. 이 공원에서 일하는 사람 중 같은 나라 사람이 있지만, 이들을 도우면 일자리를 잃을 수 있으므로 이들을 봐도 못 본 척할 수밖에 없다. 존재하지 않는 것처럼 숨죽이고 지나가는 이들은 유령과 마찬가지라 할 수 있다.

수많은 위험과 굶주림 속에 이어진 여행이 드디어 끝나고, 살아남은 이들은 '그곳'에 도착한다. 그곳에는 학교나 교회보다 더 큰 천막이 있었는데, 200명 정도 되는 사람들이 그 안에서 생활한다. 큰 자루나 종이 판자로 사방을 막아 각자의 집으로 삼는다.

배급차가 와서 곡물가루를 배급하고 헌 옷더미에서 옷가지를 골라 입고, 아이들은 학교에도 간다. 천막 주변에 있는 땅에 콩과 곡물과 양배추를 심어 키우고 마을에 가서 일자리를 구한 사람도 있다. 천막 안 공간이 비좁아 서로 가깝게 누워 있어야 할 만큼의 자리밖에 없지만 할머니는 소녀와 오빠에게 학교 갈 때 신을 신발을 사주고 숙제 검사를 하며 뒷바라지를 한다.

소설의 마지막 장면은 영화를 만든다는 백인들이 찾아와 할머니에게 질문하는 장면이다.

"언제부터 이렇게 살고 있나요?"

"이 천막에서 이년하고 한 달 살았어요."

"앞으로 바라는 것 있어요?"

"아무것도요. 여기에 있잖아요."

"고국으로, 모잠비크로 돌아가고 싶나요?"

"난 돌아가지 않을 겁니다." "그곳에는 아무것도 없어요. 집
도 없어요."

하지만 할머니의 말을 들으며 소녀는 생각한다.

"난 돌아갈 것이다."

"전쟁이 끝나고 노상강도가 없어지면, 어머니가 기다릴지도
모른다. 어쩌면 우리가 할아버지를 두고 왔을 때, 할아버지는
뒤쳐진 것뿐인지도 모른다."

"그들은 집에서 기다릴 것이다. 난 그들을 기억할 것이다."
라고.

현실을 알고 있는 할머니와 대비되는 소녀의 소망이 천진하
여 더욱 눈물겹게 다가오는 결말이다.

미래의 오늘

그때와 비슷하다.

오픈 AI에서 챗지피티 프로그램을 선보인 후 나타나는 현상을 보며 기시감이 느껴졌다. 새천년을 앞두고 새로운 세상이 우리 앞에 다가올 거라는 기대와 우려가 교차되던 때, 1999년.

현 기술과 비교하면 우스운 수준이지만, 인터넷이 보급되며 지식정보사회와 세계화로 치닫고 있어 SF 영화에서나 볼 수 있다고 여겼던 세상이 성큼 우리 곁에 다가오고 있던 때였다. 이 놀라운 변화 앞에서 전통적인 삶은 흔들릴 수밖에 없었으니, 이전의 가치관, 윤리와 풍속, 개인과 사회의 문제, 사물과 인간과의 관계 등에 대해 새로운 접근 방식이 필요했다. 특히 문학 동네에 미친 파장이 상당히 컸는데, 지금은 일상이 되어 버린 온라인 글쓰기가 등장했기 때문이다.

종이에 인쇄된 형태가 아니라 디지털 형태로 전송되는 글이라니!

그때 하이퍼텍스트는 실시간으로 글을 쓰고, 양방향으로 소통이 이뤄지며, 가상현실을 넘나드는 신천지를 열어젖힌 개벽과도 같았다. 글쓰기의 지평을 한 단계 넓혔다고 환호하는 한편에서는 전통적 문학이 위협받는다고 여겨 불안해하는 이들도 있었다.

자연스럽게 진정한 문학이란 무엇인가, 문학이 가야 할 방향은 어디인가, 본질적 질문을 되돌아보게 되었고, 많은 작가와 연구자들이 다양한 의견을 내었다. 기성작가들이 대체로 변화에 부정적이거나 조심스러웠다면, 젊은 작가들은 변화를 적극적으로 받아들이며 글쓰기의 양상이 '유희적 글쓰기'에 들어섰으므로 앞으로의 문학은 '선지자의 목소리'이기를 포기해야 한다는 주장을 펼쳤다.

이후 이십 년 넘는 시간이 흐르는 동안 기술은 엄청난 속도로 발전했고, 나는 어르신 대열에 들어섰다. 1999년에는 젊은 작가들의 생각에 가까웠다면, 지금은 급격한 변화에 두려움이 앞서는 나이가 되었다. 기계와 기술 이해력이 젬병이라 키오스크 앞에서 늘 버벅대는 처지이므로 더더욱. 알파고니 챗지피티니 신기술이 발표될 때마다, 더 이상 새로운 걸 알고 싶지 않다는 강력한 소망이 솟아오른다. 첨단기술의 혜택 같은 거 필요하지 않으니 멀찌감치 떨어져서 살면 안 될까, 싶은 마음이다.

그런데 챗지피티는 '글 쓰는 인공지능'이라니, 글쓰기를 가르치고 글을 쓰는 사람으로서 계속 모른 척할 수가 없었다. 이미 일본에서 인공지능 프로젝트팀이 출품한 소설이 1차 심사를 통과했다고 하고 국내에서도 챗지피티를 이용한 소설이 나온 상태이니, 궁금증은 더욱 커졌다.

좋은 답을 얻으려면 질문을 정확하게 해야 한다, 구체적으로 질문하는 게 좋다, 한국 관련 자료는 부족한 편이다, 2021년까지의 자료를 기반으로 하므로 그 이후에 대한 답을 얻을 수 없다, 거짓 정보도 그럴듯하게 말한다, 등등의 사전지식을 가지고 챗지피티 프로그램을 시도해 봤다.

현재 무료로 쓸 수 있는 서비스는 GPT 3.5를 기반으로 한 것이고 GPT 4.0 프로그램은 유료이다. 나는 무료 버전을 사용했는데도, 첫 느낌은 "우와, 놀랍다!" 였다. 글 한 편을 완성하려면 수많은 책과 자료를 찾아보고 글의 전개를 고심하고 문장을 다듬고 하느라 오랜 시간이 걸리는데, 질문을 입력하고 엔터키를 누르자 거의 곧바로 답이 술술 나왔다. 글의 질 문제를 떠나서 답 나오는 속도가 환상적이었다.

재미가 나서, 챗지피티의 장점과 단점에서부터 챗지피티와 놀기 위한 방법, 글을 쓰는 이유, 좋은 수필을 쓰기 위한 방법, 미래에 대한 예측, 앞으로 문학과 창작의 위치, 좀 더 추상적인 주제로 두려움의 경험과 불평등의 문제 등 골고루 물어봤다. 그리고 답을 계속 요청할 수 있으므로 두세 번 반복해봤더니, 어휘를 다르게 표현하거나 순서를 바꾼다거나 하며 수정한 글을 보여줬다. 미처 내가 생각하지 못했던 부분도 알려줘서 업무에 활용하기 좋다는 말이 충분히 납득되었다.

한국 자료가 부족하다고 했으니, 우리나라 국민이라면 대부분 알고 있을 윤동주와 이상에 대해 물어봤다. 과연 잘못된 답을 그럴듯하게 작성해 내놨다. 탄생과 작고 연도부터 대표작, 문학 스타일과 특성, 한국 문학사에 남긴 의미 등, 관련 상식이 없으면 믿을 수도 있는 천연덕스러운 글이 나왔다. 시험에서 모르는 문제가 나왔을 때 어림짐작으로 이것저것 엮어서 만들어낸 엉터리 답안을 연상시켰다. 만일 윤동주와 이상에 대해 잘 모르는 사람이라면 그대로 믿을 수 있으므로 사실관계를 확인하는 것이 중요하겠다는 생각이 들었다.

수필이나 소설을 창작해보라는 요구에는 일반적인 경험에 의거한 글이 나왔다. 창과 추억, 삶의 본질을 연결해 수필을 써달라고 했더니, 각 단어에서 떠오를 법한 내용을 엮은 글을 보여줬다. 당연히 작가만의 특별한 경험이나 감수성이 녹아있는 글과는 거리가 멀다. 챗지피티를 이용해 쓴 수필의 장단점을 물었더니, 정확하게 단점을 열거했다. 빠르게 텍스트를 생성하고 다양한 분야와 주제에 대한 콘텐츠를 제공할 수 있지만, 내용의 일관성이 부족하고 부정확한 정보를 주며 창의성이 부족하고 윤리적 문제를 일으킬 수 있는 점을 단점으로 제시했다. 인간이라면 칭찬해 주고 싶을 만큼 자신의 단점을 잘 인식하고 있었다.

그 답 그대로 챗지피티가 생성한 글은 작가 고유의 독창적 이야기에서 우러나는 감동이 결여되어 있다. 그렇다고 챗지피티가 쓴 글이 사람이 쓴 글보다 미흡하니 안심이다, 식의 반응은 일차원적이라 할 수 있고 좀 더 근본적인 문제를 고심해야 할 시기인 것 같다. 인공지능이 생성한 표현물의 저작권 문제에서부터 이를 이용한 상업화, 이로 인한 사회 경제적 파장들까지 예측할 수 없는 상황에서, 이 새로운 세계가 앞으로 어떻게 전개될 것인지 기대 섞인 두려움이 엄습한다. 결국 기술을 어떻게 사용하는가가 관건인데, 신기술을 악용하는 '사악한 권력자'가 나타난다면 어떻게 저지할 것인지, 우리가 그 사실을 인지할 수나 있을 것인지 알 수 없으니, 안개가 자욱한 속에 서 있다고 할까.

그럼에도 '지피지기(知彼知己) 백전불태(百戰不殆)'라 했으니, '사람을 위한 인공지능'을 구상하기 위해 관심을 늦추지 말고 다 함께 상상하고 고민해야 할 거 같다. 이 기회에 자신에 대해서도 돌아보면서.

낙하의 미학

오후 느지막이 가을 산 산책길에 들어섰다.

계속되는 폭염으로 끝나지 않을 것 같던 지난 여름, 울창한 숲으로 그늘을 만들어 주었던 나무들에서 하나둘씩 잎이 떨어진다.

떨어지는 것은 늘 여러 상념을 불러일으킨다. 주어진 상황에서 최선을 다하고 떨어지는 것은 장엄하지만, 채 피어나지도 못했는데 떨어지는 것이라면 애달프다. 때가 되었음에도 떨어지기를 거부하는 것은 추하기까지 하다.

봄에 연한 싹으로 태어나 여름내 햇빛을 받고 물을 마시며 성장하다가 가을이 되어 떨어진 낙엽. 자신의 소임을 충실히 다한 삶의 숭고함을 느끼게 한다. 새삼 인간의 비루함이 서글퍼졌다.

돌아오는 길, 건들건들 불던 바람이 세졌다. 어느새 주위는 어스레해지고 꽤 많던 사람들도 빠져나가 고즈넉하다. 걸음을 좀 빨리 해 보는데 누군가 뒤따르는 듯한 기척에 흠칫 그 자리에 멈춰 섰다. 하지만 나를 지나치는 건 수런수런 부스럭거리며 바람에 굴러가는 낙엽들.

한바탕 바람이 다시 휘몰아치니 잎이 우수수 떨어진다. 그리곤 또 수런거리며 저만치 휩쓸려 간다. 눈을 들어보니 나뭇가지에 매달린 잎들이 아직 많다. 남보다 빨리 떨어진 나뭇잎은 뭐가 그리 급했을까.

저들은 가지에 매달렸을 때 행복했을까? 화사한 봄햇살이 따스하게 뺨을 간질이고 산들거리는 바람이 부드럽게 스쳐 지나갈 때면, 세상은 아름답구나, 살아볼 만하구나 느꼈을까?

오랜 가뭄으로 바싹 메마른 입술을 촉촉한 단비가 적셔줄 때, 아 힘을 내서 다시 살아봐야지 다짐했을까?

속사포처럼 쏟아지는 햇빛에도 하늘이 구멍 난 듯 내리붓는 폭우에도 꼼짝 못 하고 고스란히 온몸으로 받아내야 할 때, 바람 따라 저기 저 산 넘어가고 싶어도 움직이지 못한다는 것을 알았을 때, 귀 가까이 청량한 목소리로 노래 불러주다가 홀쩍 날아가는 새 쫓아 날고 싶어도 그럴 수 없다는 것을 깨달았을 때, 슬프지 않았을까? 나에게 주어진 삶이 왜 이것뿐일까, 답답하지 않았을까?

날아가고 싶다고 마음대로 날아가지 못한다는 사실을 받아들이곤 조금씩 포기하는 법을 배웠을 수도, 더 높은 가지에 매달린 잎 때문에 제대로 하늘을 보지도 못하고 온전히 햇빛을 받지도 못할 때 억울하지만 어찌할 수 없는 무력함을 느꼈을 수도 있으리라. 그럴 때면 저 아래 땅에서 구르고 있는 낙엽이 더 자유롭게 보였을 수도.

이제 가지 위의 시간이 다해 지상에 내려와 다른 낙엽들과

이리저리 구르고 있는 지금, 무슨 생각을 할까? 삶의 마지막에 이르러 자유롭고도 편안한 마음으로 누워있을까? 까마득히 멀어 보이는 나뭇가지를 올려다보며, 언제 내가 저 위에 있었던가 싶은 마음으로 지난 시간을 되돌아보고 있을까?

바람 부는 대로 이리저리 굴러가며 처음으로 사람들 가까이에 있어 본다. 무심하게 지나가는 사람 발에 밟혀 바스라질 수도 있지만, 그들이 나누는 이런저런 이야기가 재미나기도 하다.

갑자기 아르르 왕! 하는 소리와 어멋! 하는 소리가 거의 한꺼번에 들린다. 두 여자가 데리고 가는 강아지가 무슨 까닭인지 마주 오는 여자에게 달려들었나 보다. 물린 것은 아니지만 놀란 여자는 엉거주춤 서 있고 지나가던 남자가 가까이 가 몇 마디 거든다. 개 주인인 여자들은 아무렇지도 않게 그냥 개를 데리고 제 갈 길을 간다.

"무슨 저런 사람들이 다 있어. 참 재수 없으려니까…" "그러게요. 사과도 안하고 가네요."

작은 소요가 지나간 후 길은 다시 조용해진다.

이 소동에 잠시 고개를 들었다가 다시 고요히 엎드리는 낙엽들. 어느 날 청소부의 비질에 쓸려갈 수도 있겠지만, 혹 숲으로 날아 들어가는 잎도 있으리라. 그러면 오래오래 누워있다가 비 오고 눈 내리면 젖은 채 조금씩 조금씩 썩어 흙 속으로 스르르 스며들겠지. 그리곤 편안히 흙과 하나 되어 지나가는 사람들 발소리 들으며 두런두런 세상 돌아가는 이야기도 엿들으며 또 다른 생을 시작할 수도 있으리라.

나무에 매달린 잎들을 다시 올려다본다.
바람이 불어 잎 사이로 보이는 하늘이 파르르 흔들린다.

두어 시간 전 숲 입구로 들어서던 나를 본다. 다정하게 손잡고 걸어가던 커플, 재잘거리던 꼬마와 엄마, 알록달록한 등산복을 입고 가던 사람들을 본다. 개를 데리고 산책하던 사람들, 개 때문에 놀란 여자도 본다. 바람 따라 수런수런 뭐라 하는 듯 스스스 쓸려가는 낙엽들을 본다.

불쑥 질문 하나가 솟구친다.

우리의 비루한 삶은 깨끗해질 수 있을까? 어둠을 걷고 밝아

질 수 있을까?

　답을 구하듯 하늘을 바라본다. 바람이 또 한차례 지나가고

있다.

他

세상

루이스 멘도, 환상적 도시를 마주하다

〈문도 멘도 Mundo Mendo : 판타스틱 시티 라이프〉

전시 제목에서 '판타스틱'에 눈길이 멈췄다. 환상적 도시의 삶이란 어떤 것일까, 호기심이 동했다.

루이스 멘도는 스페인에서 태어나 유럽 대도시에서 20년간 아트 디렉터로 활동하다가 현재는 도쿄에서 그림을 그리고 있다. 'mundo(문도)'란 '세계'라는 뜻의 스페인어라고 하니, 전시 제목은 '멘도의 세계'란 뜻이다.

전시를 소개하는 설명에서 보니, 그의 그림을 수식하는 말은 '디지털 아날로그'라고 한다. 모든 작업이 디지털로 이루어지는데, 종이의 질감과 손으로 그린 듯한 촉감을 품고 있기 때문이라고. 이런 느낌을 주는 데 빛과 색채가 핵심적인 역할을 한다. 여기에 작가의 따뜻한 시선과 긍정성이 더해져 독특한 아날로그적 감성이 완성되고 있었다.

이번 전시는 작가의 아바타인 미스터 멘도와 함께 도시의 골목을 탐험하다가 집으로 돌아가는 여정으로 구성된다. 2층부터 시작하는 전시는 "루이스 멘도는 누구인가? WHO IS LUIS MENDO?" "문도 멘도 MUNDO MENDO" 3층의 "도시의 풍경 CITY-SCAPES" "도시의 장면 CITY SCENES" "도시의 빛 CITY LIGHTS" 4층의 "집에서 머무르는 사람 THE HOME STAYERS" "나의 사랑하는 가족 MY DEAR FAMILY"로 이어진다.

2층은 루이스 멘도의 자화상과 아바타, 에세이 등을 전시하여 멘도의 세계로 초대한다. 그는 진보초 거리를 걸으며 아이디어를 떠올리기도 하고, 좋은 책상과 의자가 있는 아늑한 카페에 가서 에스프레소를 주문해 놓고 그림을 그린다. 어느 장소에서라도 아이디어를 구상하고 그림을 그리는 모습에서 자유인의 향기를 맡을 수 있다.

인상적인 점은 "어딘가 허점이 있는 브러시가 끌린다"는 말이다. 질 좋은 브러시가 아니라 문제가 있는 브러시라니. 이런 브러시들은 예상치 못하게 굵기가 달라지거나 희한한 재질을 표현하기 때문이라고 했다. "예측 불가능함", 고착되지 않은 데서 피어나는 자유로움… 예술가의 공통점이라 할 특성을 그에게서도 발견한다.

자화상들은 새의 얼굴로 표현되기도 하고 방귀를 뀌는 듯한 포즈와 엉덩이에 주사 맞는 듯한 포즈 등, 다양하면서도 유머러스한 모습으로 표현되어 있다. 그 시선에서 세상과 자신을 사랑하는 마음과 여유로움을 감지할 수 있었다.

3층은 도시의 다채로운 모습이 펼쳐진다. 뉴욕과 런던, 프랑크푸르트 등, 세계 여러 도시의 스카이라인과 건물의 풍경을 각도를 달리하여 그리고 있다. 도시를 거닐며 정처 없이 길을 헤매기도 하며, 일부러 잘 모르는 곳에 가서 새로운 길을 탐험하며 동네를 둘러보다가 포착한 풍경들이다. 빌딩 꼭대기에서 팔을 벌린 채 대도시를 내려다보고 있는 남자의 뒷모습은 도시 풍경뿐 아니라 도시를 사랑하고 품어 안고자 하는 마음을 느끼게 한다. 그리고 마천루처럼 압도적인 풍경만이 아니라 도시 한쪽에 살포시 앉아 있는 작은 새의 존재에도 눈길을 주는 섬세함을 볼 수 있다.

"도시의 장면들"에는 도시에서 일하며 살아가는 사람들이 담겨 있다. 기차역의 아침과 밤, 도시의 모든 것을 지켜보는 까마귀, 어두워지면서 대부분의 창에 불이 환한데, 불이 켜지지 않은 창, 퇴근길 버스를 기다리느라 길게 늘어선 줄, 지하철의 문이 닫히기 전 사람들로 꽉 찬 지하철 내부, 지하철 안 피곤한 듯 팔에 고개를 묻고 있는 남자, 옆 사람이 당혹해하는 데도 깨닫지 못하고 기대어 잠든 사람…

문득 에즈라 파운드의 시가 떠오르는 장면들이다.

> 군중 속에서 유령처럼 나타나는 이 얼굴들
> 까맣게 젖은 나뭇가지 위의 꽃잎들

"도시의 빛"에서는 어둠이 내렸을 때의 도시 풍경이 담겨 있다. 어둠과 비는 흔히 고난을 상징하지만, 그의 그림에서는 사랑을 꽃피우는 배경이 된다. 건물들의 네온사인이 불야성같아 어둠이 더욱 새까맣게 부각되고 비까지 내리는데, 우산을 쓰고 쪼그리고 앉아 새를 바라보고 있는 작은 소녀의 모습은 양쪽 건물들의 휘황한 빛을 무화시킨다. 그 소녀와 새만 보이는 것이다. 어둡고 비가 와도 함께 있어 따스한 정경이다.

멘도는 또 창 너머, 이 도시에 살고 있는 이들의 이야기가 궁금하다. 그래서 사람들을 관찰하며, 어떤 삶을 사는지, 어디로 향하는지, 어디에서 오는지, 추측해 보곤 한다. 이제 그의 시선은 집에서 머무르는 이들과 가족에게로 향한다. 멘도에게 집은 또 하나의 도시이자 나라이다. 가장 편안하고 가장 안전한 공간, 일과 후 돌아가는 곳이며, 우리에게 중요한 책과 물건들을 간직하는 곳, 그리고 우리가 함께 있는 것을 즐길 수 있는 곳이다.

집에서 머무르는 이들의 포즈에는 자유로운 작가의 정신이 투영되어 있다. 틀에 갇히지 않은 편안함과 여유로움이 풍겨 나온다. 창밖을 바라보는 여성의 뒷모습. 전면에 방금 전까지 작업했던 것 같은 타이프라이터가 놓인 책상이 있고, 모두 세 쪽으로 나뉜 창 왼쪽엔 집들과 자동차가 다니는 거리, 가운데는 높은 산, 오른쪽은 고층빌딩들이 보인다. 여자는 창틀에 기대 몸을 밖으로 기울이고 있어 창밖 풍경에 푹 빠져 있는 것처럼 보인다.

또 빛이 들어오는 몇 군데 빼고는 온통 푸르게 채색된 그림에서도 작업을 하다가 긴 창틀에 다리를 뻗고 걸터앉아 있는 여자의 옆 모습이 담겨 있다. 물건들이 어질러진 책상 위 노트북 옆에 컵이 엎어져 뭔가 액체가 쏟아져 있고 오른편 서랍장의 서랍도 덜 닫겨 양말이 삐죽 나와 있고 군데군데 읽다가 덮어둔 책들, 아무렇게나 벗어놓은 슬리퍼 등, 어질러진 방과 유리되어 있는 것처럼 보인다. 세상의 일에서 한 발자국 떨어져 자신만의 세계에 빠져 있는 듯한 모습은 고독한 자유인의 표상처럼 보인다.

자유롭고도 따스한 마음을 지니고 있다면, 머무르고 있는 곳이 어디든 환상적인 도시의 삶이 펼쳐진다고 말해주는 듯하다.

순이삼촌과 강정심

젊은 세대들은 이해하기 어렵겠지만 1960년대에 유년을 보낸 나는 공산당이나 남파 간첩을 악마나 괴물이라고 여겼다. 초등학교 4학년 때였던가 내 또래인 이승복의 죽음은 공산당의 이미지를 더욱 잔인한 것으로 각인시켰다. "공산당이 싫어요."라고 말했다고 어린 소년의 입을 찢어 죽였다는 이야기는 너무 섬뜩해서 오래도록 지워지지 않았다.

그렇게 자랐으니, 최인훈의 『광장』에서 주인공이 밀수선을 타고 북한으로 넘어가는 장면에 놀랄 수밖에 없었다. 대학생이 되어서야 그동안 몰랐던 세계에 조금씩 눈을 뜨기 시작한 것이다.

대학에 들어와 얼마 지나지 않아 대학 생활이 꿈꾸던 것과는 다르며 많은 것들이 은폐되어왔음을 눈치챌 수 있었다. 당시 우리 대학 1학년은 필수로 들어야 할 교양과목이 많아서 원하는 과목을 선택할 여지가 적었고 수업은 대체로 지루했다. 자연스럽게 수업은 빼먹고 시대의 고민을 나누는 척 학교 앞 다방에서 시간을 보내곤 했다.

수업 교재 대신 읽게 된 책들은 이제까지 알고 있었던 것들이 사실과 다르다고 말하고 있었으며, 여전히 확인되지 않은 문제가 많다고 말하고 있었다. 그렇게 알게 된 이야기 중 하나가 현기영의 「순이삼촌」이다. 1949년 음력 섣달에 제주도 한 마을이 불타고 수많은 사람이 죽어간 사건을 그린 소설.

1988년까지 자유로운 해외여행은 생각하지 못할 때라 제주는 최고의 신혼여행지로 꼽히던 곳이었다. 그 전해 여름방학에 큰맘 먹고 갔던 함덕해수욕장의 조용하고 아름다운 바다와 소박한 민박집 정경을 마음속에 간직하고 있던 차, 30년 전 이런 비극이 벌어졌다니 믿기지 않았고, 더 놀라운 건 일어났는지도 몰랐다는 사실이었다.

소설은 서울에 사는 중년의 '나'가 8년 만에 고향 제주를 찾아가는 것으로 시작한다. 할아버지 제사에 참석하기 위해서이다. 30년 전 그날, 할아버지뿐 아니라 오백 명 가까운 사람들이 한날 죽었으므로 이집 저집에서 연이어 곡소리가 터져 나온다.

'나'는 그 곡소리가 지긋지긋해 고향을 외면해 온 지 오래이다. 그에게 고향이란 '우울증과 찌든 가난밖에 남겨준 것이 없는 곳'이고 30년 전 군 소개작전에 따라 소각된 잿더미 모습 그대로 떠오르는 것이었으므로 기억에서 지우고 싶었던 것이다.

제사를 마치고 그는 순이삼촌이 스스로 목숨을 끊었다는 소식을 접하고 놀란다. 쉰여섯 나이에 순이삼촌이 생을 마감할 수밖에 없었던 사연이 나오면서 소설은 30년 전 참상의 현장으로 독자를 끌고 들어간다.

당시 일곱 살이었던 그의 시선으로 그날이 생생하게 묘사되는데, 사람들을 초등학교 운동장에 모아놓은 후 군인 가족을 가려내고 남은 이들을 장대로 몰아가는 장면이 특히 처참했다. 운동회 때 바구니공을 매달아 놓던 장대로 오십 명 정도씩 떼어내어 끌고 가면 얼마 후 일제사격 총소리가 콩 볶듯이 일어나곤 했다. 통곡 소리가 천지를 진동하고 길바닥에 주저앉아 울며불며 살려달라고 애걸하던 사람들, 끌려가지 않으려는 사람들을 총구로 찌르고 개머리판을 사정없이 휘두르던 군인들… 지옥도가 따로 없었다.

그 시절 순이삼촌은 행방을 알 길 없는 남편 때문에 툭하면 경찰에 끌려가 모진 고문을 당하곤 했으므로 그날도 총살당하는 무리 속에 있었다. 그런데 시체 무더기에 깔려 기적적으로 살아나온다. 하지만 아이 둘을 잃은 데다가 공포로 인해 정신적 상흔이 너무 깊게 남는다. 군인이나 순경을 먼빛으로만 봐도 질겁하고 신경쇠약과 총소리 환청 증세로 시달리며 살아왔으므로, 그때 죽은 목숨이나 다름 없었던 것이다.

소설을 읽으면서 사람이 어찌 이토록 잔인할 수 있을까, 명령이라면 어린아이까지 무차별적으로 죽일 수 있을까, 바닥을 알 수 없는 인간의 잔혹함에 몸서리가 쳐졌다. 가장 안타까웠던 것은 삼만 명에 이르는 사람들이 죽었음에도 누구 하나 그 책임을 묻지 못했다는 사실이었다.

"그 학살이 상부의 작전명령이었는지 그 중대장의 독자적 행동이었는지 누구의 잘잘못인지 밝혀내야" 한다고 목청을 돋우는 길수형의 말에 "거 무신 쓸데없는 소리고!" 하며 어른들 모두가 말린다. 섣불리 들고 나왔다가 빨갱이로 몰릴 것이 두

려워 고발할 용기는커녕 합동위령제 한번 떳떳이 지낼 뱃심조
차 없었다는 서술이 이어진다. 왜 그토록 오랜 시간 이 사건이
알려지지 않았는지 말해주는 장면이었다.

그렇게 「순이삼촌」을 안 지 44년이 지났다.

그때의 분노와 충격은 당면한 문제들에 밀려 잊혔다. 학업
과 육아를 병행하며 정신없이 살아오는 중에 나와 직접적으
로 관련 없다고 여겨지는 일들은 의식 저 아래에 가라앉혔다.
제주에 여러 번 갔어도 가족들, 친구들과의 일정을 소비하기
바빴다.

4.3 특별법이 제정되었다는 소식에 다행이라는 생각을 잠
시 하고는 곧 잊었고, 4.3 평화공원이 개관했다는 사실을 뉴스
로 알고는 있었으나 가볼 생각을 못 하다가, 최근 문우들과의
여행에서 처음으로 방문했다. 당시 돌아가신 이들의 위패들을
모신 위패봉안실, 행방불명된 이들의 표석들이 무딘 내 가슴
을 툭툭 쳐댔다.

복잡한 마음으로 집에 돌아와 읽기를 미뤄두었던 한강의
『작별하지 않는다』를 펼쳤다. 그녀의 전작 『소년이 온다』를 읽
고 너무 힘들었던 기억 때문에 선뜻 손이 가지 않았던 터였다.

고통과 폭력, 인간의 잔인성에 대해 깊이 천착해온 작가답게, 50년이 넘어 봉인이 해제된 미군 기록물들을 포함해 수많은 자료를 참고하여 4.3과 그 이후 시간을 한층 깊숙이 들여다보고 있다. 그래서 이 작품은 당시 참상을 묘사하는 데 그치지 않는다. 살아남은 이들이 겪는 아픔과 고통을 비롯하여, 행방이 묘연한 가족을 찾기 위한 눈물겨운 분투, 그리고 이들이 세상을 떠나더라도 그 뒤를 이어 그들을 기억하고 잊지 않겠다는 의지를 섬세하면서도 단단하게 표명하고 있다.

그 중심에 그때 열세 살이었던 '강정심'이란 인물이 서 있다. 언니와 함께 심부름을 가서 죽음을 피한 그는 이후 오빠를 찾는 데 온 힘을 다 쏟는다. 오빠는 주정공장 뒤 창고에 갇혀 있다가 대구형무소로 보내지는데, 곧 6.25 전쟁이 터져 생사를 알 수 없게 된다. 휴전 후 찾아갔으나 4년 전 진주로 이감되었다는 기록만 있다.

전화를 걸려 해도 제주 시내까지 나가야 하고 대구에서 진주까지 바로 가는 차편이 없어 부산을 거쳐야 하던 시절, 제주에서 대구로, 진주 형무소로, 1950년 경산 코발트 광산에서 총살당했으리라 추정하고 경산으로, 오빠의 흔적을 찾아 혼신의 노력을 다한다. 그 시간은 열네 살부터 관절염이 심해 잘 걷지 못했던 70대에 이르기까지 반세기가 넘는다.

이런 사실을 전혀 알지 못했던 딸 인선에게 엄마는 마흔 넘어 자신을 낳은 '할머니 같은 엄마'이고 '세상에서 가장 나약한 사람'이었다. 쇠붙이를 깔고 자야 악몽을 안 꾼다는 미신을 믿어 요 아래 실톱을 깔고도 자주 악몽을 꾸던, '허깨비' 같고 '살아서 이미 유령인 사람'이었다.

엄마가 죽고 나서야 치매가 오기 전까지 대구와 진주, 경산을 오간 행적과 꼼꼼하게 정리한 자료를 발견하고 엄마를 잘 몰랐음을 깨닫는다. 그리고 엄마가 모은 자료들의 빈자리에 자신이 새로 찾은 자료를 메꿔 넣기 시작한다. 그리하여 그 겨울 삼만 명의 사람들이 제주에서 살해되고 이듬해 여름 육지에서 이십만 명이 살해된 건 우연의 연속이 아님을 확인하기에 이른다.

인선이 전하는 이 고통스러운 이야기를 듣는 이는 소설가 '나' 경하이다. 젊은 날 영상 작업을 같이하다가 인선과 친구가 된 경하는 K시의 학살에 대한 책을 쓰고나서 악몽에 시달리며 '사적인 삶'이 부스러진 상태에 있다. 그가 반복해 꾸는 꿈은 눈이 내리는데 수천 그루의 검은 통나무들과 봉분들이 있는 벌판에 서 있는 꿈이다. 그런데 불현듯 바닷물이 밀려 들어온다. 물에 잠기기 전에 뼈들을 옮겨야 한다는 생각으로 어쩔 줄 모르는 중에 꿈에서 깬다.

4년 전 인선에게 꿈 이야기를 털어놓고 함께 통나무들을 심어 먹을 입히고 눈이 내릴 때 영상으로 담아보자는 제안을 한 터이다. 이 프로젝트의 제목이 소설 제목이기도 한 "작별하지 않는다"이다.

작가는 한 인터뷰에서 이는 작별하지 않겠다는 각오를 뜻한다고 말했다, 어떤 것도 종결하지 않겠다, 끝까지 껴안겠다, 끌어안고 계속 걸어 나가겠다는 결의라고.

강정심이 죽을 때까지 오빠의 유해를 찾으려는 노력을 포기하지 않았듯이, 강정심의 뒤를 이어 딸이 그리고 그의 친구가 죽은 이들을 기억하듯이, 육체는 사라졌어도 기억 속에서 영원히 존재할 수 있음을 의미한다.

"하도 생각해서 어떤 날엔 꼭 같이 있는 것 같았어."라고 한 인선의 말처럼 간절히 생각하고 기억하면 같이 있을 수 있으므로 작별이 아니라는 것이다.

결국 남은 사람들이 할 수 있는 것은 잊지 않고 기억하는 일이다.

44년 전 느꼈던 충격은 일상의 무게에 눌려 희미해졌지만, 완전히 사라지지 않도록 애쓸 일이다. 오래전에 일어났고 나와 상관없는 일이라고 밀어두지 말고 무고하게 죽임당한 이들, 고통받는 이들이 있었음을 기억할 일이다.

악몽에 시달리고 허깨비 같은 삶 속에서도, 온갖 어려움 속에서도, 오빠를 찾고자 했던 강정심의 '지극한 사랑'이 묵직하게 가슴을 누르던 순간을 잊지 말자고 되뇌어 본다.

그거면 돼요

툭 마음을 건드리곤 쉽게 잊히지 않는 말이 있다. 교훈을 주는 말들도 잊히지 않지만, 고단하게 살아온 사람들의 삶에서 우러난 말은 심금을 울린다.

「목화맨션」이란 소설에서 만난 말도 그랬다.

"밥 잘 챙겨 드시라고요. 그거면 돼요."

철학적이거나 심오한 뜻이 담긴 말이 아니라 일상에서 흔히 쓰고 듣는 말이다. 고등학교 졸업 후 고향을 떠나 공장에서 일하고 오래 병원 신세를 지기도 한, 마흔다섯 여자의 말이다. 그다지 호의적이지 않은 시간을 지나온 이의 희로애락이 응축된

말 같아 눈시울이 뜨끈해졌다.

"그거면 돼요"는 "그거면 충분하다", "더 이상은 바라지 않는다" 란 의미가 내포된 말이다. 하지만 정말 그거면 충분할까? 애타도록 원했지만 이뤄지지 않는다는 것을 경험했으므로 그렇게 말하는 건 아닐까? 밑바닥이라고 여겨질 때마다 이 말을 되뇌며 힘을 내고 삶의 고비 고비를 건너온 이의 안간힘 아닐까?

이 소설은 지은 지 삼십 년이 넘은, 열 평이 안 되는 집의 주인과 세입자인 만옥과 순미의 이야기를 펼친다. 이사 왔을 때 순미는 마흔다섯이었고 만옥과 속사정을 나누게 되면서 만옥을 '언니'라 부른다. 곧 임대차계약서에 따르면 갑을 관계인 둘이 계약 이상의 관계로 지내다가 엄혹한 현실 때문에 더 이어가지 못하는 과정을 작가는 찬찬히 보여준다

먼저 도움을 주는 이는 만옥이다. 이삿날 만옥은 집주인으로서 몇 가지 당부만 하고 돌아설 생각이었으나, 혼자인 순미의 처지에 마음이 쓰여 짐 정리를 도와준다. 그 보답으로 순미는

냉면을 사고 살아온 내력을 이야기한다. 냉면 한 그릇을 먹으며 왜 이토록 내밀하고 사적인 이야기를 털어놓는지 의아했으나, 만옥은 이유를 묻지 않고 들어준다.

순미도 그 배려를 느꼈으리라. 그것은 둘 다 국물까지 모두 비울 정도로 맛있게 냉면을 먹었다는 사실에서 드러난다. 냉면을 좋아하지 않는 만옥에게도 냉면이 달았고, 냉면 전문점도 아닌 가게에서 순미도 맛있게 먹은 "희한"한 일이 일어났던 것이다.

이후 깨진 변기를 수리해달라고 전화했다가 순미는 만옥의 형편을 알게 된다. 재개발이 된다길래 덜컥 빚내서 산 터라 여유가 없다는 것, 설상가상으로 남편이 쓰러져 병원비 대기도 힘들다는 하소연을 듣고 순미는 직접 쑨 묵을 가지고 병원에 찾아온다.

식욕을 느끼지 못했고 몇 조각만 집어 먹을 작정이었지만, 만옥은 앉은자리에서 묵 한 모를 해치운다. 그동안 병원을 찾아온 사람이 아무도 없었다는 외로움과 불안한 예감으로 두려웠던 만옥의 심정을 순미는 짐작했을 것이다. 그래서 "그거면 돼요."란 위로를 전한다.

"입맛 없어도 밥은 꼭 챙겨 드세요. 밥 잘 챙겨 드시라고요. 그거면 돼요." 이 당부가 만옥에게 큰 울림을 줬음은 얼마 후 자신도 모르게 이 말을 그대로 따라 하고 있는 것에서 알 수 있다. 편측마비 진단을 받은 남편을 부축하며 그녀는 큰 소리로 말한다. "밥 잘 먹으면 그걸로 된 거야. 걱정할 거 없어." 그것이 순미가 했던 말이라는 사실, 단순해서 싱겁게까지 여겨지는 이 말이 일렁이는 자신의 마음을 단번에 진정시키는 것을 깨닫게 된다.

이처럼 서로 사정을 봐주며 8년 가까이 이어가던 이들의 관계는 만옥이 집을 팔면서 끝난다.

남편의 상태가 나빠지고 담보대출 이자가 가파르게 상승해서 적금을 깨고 살고있는 집의 전세를 월세로 전환해야 하는 냉엄한 현실 앞에서 다른 선택을 할 수 없었던 것이다. 기존의 세입자를 내보내는 조건으로 집을 사겠다는 사람이 나타나자 만옥은 집을 팔기로 결심한다.

하지만 순미에게 이 사실을 알리기가 쉽지 않다. 행하기 어려운 일을 해야 할 때 흔히 그렇듯 만옥도 자신을 속이고 합리화한다. 그 집에서 순미가 8년 가까이 거주할 수 있었던 것은 자신의 배려와 노력 덕분이라고, 자신은 정말 최선을 다했다고. 그리고 순미의 형편이 좋아졌다고 믿어서 팔 결심을 했다고.

순미는 처음엔 만옥을 설득했다가, 계약기간까지 살겠다고 버티다가, 따지기도 하지만, 결국 떠나게 된다. 만옥을 원망할 법한데, 이삿날 보증금을 돌려주기 위해 들린 만옥에게 순미는 "언니, 점심은 먹었어?" 묻고 근처 국숫집에 함께 간다. 이삿짐 트럭을 타고 떠나기 전, 순미의 마지막 인사는 "우리 신경 쓰지 말고 언니나 잘 살아. 밥 잘 챙겨 먹고."이다.

이 인사를 건네기까지 순미의 내면은 분노와 억울함, 불안들이 뒤엉킨 실타래 같았을 텐데, 늘 그래왔듯이 "이만큼 사는 것도 다행이라고 생각하면 뭐든 나쁠 게 없다"란 생각으로 마음을 정리했을 것이다.

선한 마음이 현실에 내몰려 위선으로 덮이는 것이 씁쓸하면서도, 위로를 전하는 말이 있어 조금 든든해졌다. 나 역시 힘에 부치면 "이만하면 됐다", "밥 잘 먹고 있으니 그거면 돼." 중얼거리며 마음을 다잡곤 하니까.

몇 달 전 뇌의 작은 종양을 감마나이프 시술로 제거한 후 부쩍 입맛을 잃은 엄마에게 죽을 권하며 "죽이라도 잘 드시면 돼요. 그거면 돼요." 하다가 순미의 말임을 퍼뜩 깨달았다.

다른 사람, 다른 세상

"당신은 모르겠지만 누군가는 그런 세상을 살고 있다구요."

요즘 인기 있는 드라마 주인공의 대사이다.

나는 모르겠는데 누군가는 매일 직면하고 있는 세상.

그가 말하는 '그런 세상'은 '변칙을 써서라도 부딪쳐야 되고 욕하고 돌이라도 던져야 겨우 우리 얘길 들어주는 세상'이다. '검찰과 언론이 올바른 정의를 만들어 주는 세상'이 어딘가에 있을지도 모르지만 자신이 경험한 세상은 그렇지가 않다고 주인공은 나직하게 말한다. 날 선 비난의 어조가 아니라 수없이 당한 자의 비애와 체념이 묻어나는 어조로. 울분은 이제 녹아

버려 슬픔만 남아 있는 듯한 눈빛이 마음을 흔든다.

직접 경험해 보지 못한 걸 이해하기란, 사실 쉽지 않다. 나 역시 재벌이나 권력을 가진 이의 호화로운 세상, 높은 지위를 누리는 자의 세상은 알지 못한다. 반대로 가진 것이 너무 적은이, 억울함을 풀 길 없는 이, 폭력과 차별이 일상적인 이의 세상도 모른다. 장애를 타고난 이나 어처구니없는 사고를 당한이가 맞닥뜨렸을 세상 역시 경험해 보지 못했다. 그저 언론 보도나 영화, 드라마, 책 등을 통해 간접적으로 짐작할 뿐이다.

정의에 입각해 행동해야 할 검찰과 언론이 직무 유기를 해크나큰 피해를 입었다면, 아무도 자신의 억울한 사정에 귀 기울이는 자가 없었다면, 이 드라마 주인공처럼 욕하고 돌이라도 던져서 주목을 끌어야 했다면? 사정이야 어떻든 폭력은 나쁜 일이니까 돌 던지는 행위만큼은 참아야 할까?

비리를 저질렀는데도 돈과 권력을 이용해 벌을 비껴가는 이들을 볼 때, 늘 약자의 처지에서 손해만 보는 쪽은 어떤 생각이 들까? 고통이 증오심으로 변하고 "상처가 영혼을 좀먹고 증오심은 뼛속 깊은 곳에서부터 오랜 시간 동안 차근차근 부패해"(조해진의 소설 「작은 사람들의 노래」 중) 갈 수밖에 없지 않을까? 사람의 도리라는 게 있다면, 나와 상관없는 사람이라 할지라도 적어도 이렇게 흘러가게 두어선 안 되지 않을까?

　머릿속으로는 이렇게 생각하다가도 막상 행동으로 옮기는 이는 적다. 나만 해도 소설 속 인물이 겪는 불행과 고통에는 가슴 아파해도, 비슷한 상황의 사람을 실제 현실에서 마주친다면 피할 것이 틀림없는 이중적 인간이다. 노숙자 차림의 사람, 술에 취해 행패를 부리는 자를 보게 된다면 십중팔구 불쾌해할 것이며, 그들 처지를 이해하려 하기 전에 불량한 자라는 선입견이 발 빠르게 작동하리라.

　복지기관에서 나눠주는 500원을 받으려고 새벽부터 길게 줄을 선 노인들, 몇 푼 되지 않은 돈 때문에 종이박스를 훔쳐갔네 아니네 하며 목청 높여 싸우는 이들을 TV 프로그램에서 본 적 있다. 그때도 별거 아닌 일에 핏대 올리며 욕설을 하는 그들이 상스러워 나도 모르게 눈살을 찌푸리고 있었다. "저렇게까지 해야 하나?" 한심할 뿐, 그런 상황으로 내몰린 이유에 대해선 알고 싶지 않았다.

그들 하소연에 귀 기울일 의사가 없는 까닭은 추하고 구질구질한 것을 피하고자 하는 본성 때문이기도 하고 나와는 무관하다는 생각 때문이기도 할 것이다. 그 다른 세상이 나에게도 올 수 있다는 가정은 전혀 하지 않으니까.

장애인 학교가 우리 집 근처에 생기면 장애인 보기도 싫고 무엇보다 집값이 떨어질 테니 반대한다. 장애인의 처지나 그들 가족의 아픔 따위는 알고 싶지 않다. 내가 그런 처지에 놓일 수 있다는 건 상상조차 하지 않는다.

배가 침몰해 수많은 아이들이 죽었는데 원인 규명이 제대로 되지 않고 사고 대책도 엉망인 상황에서 유가족들이 얼마나 참담할까 헤아리기 전에, 교통 정체를 일으키는 시위대 행렬이 짜증스럽다.

내가 있는 세상은 영원히 안전하리라, 고통스럽고 누추한 저 세상은 다른 세상이겠거니 하며 살아가다가, 어느 날 갑자기 타고 가던 배가 가라앉고, 폭우가 쏟아지거나 지진이 나고 사고로 사랑하는 사람을 잃거나 다치는 경험에 속수무책일 때, 뒤늦게 깨닫는다. 그 '다른 세상'에 내가 들어갔음을.

중국 작가 위화의 이야기 중 예방주사에 대한 일화가 떠오른다.

소설가가 되기 전 치과에서 일했던 그는 예방주사를 놓는 일도 담당했다. 일회용 주사기는 상상도 못하던 시절이라 사용한 주사기를 만두 찌듯 두 시간 찌는 게 소독의 전부이던 시절, 주사기를 반복 사용하다 보니 끝이 구부러져 맞는 이들의 고통이 극심했다. 심지어 주사기 끝에 살점이 묻어나올 정도였는데도 그는 아랑곳하지 않았다고 한다. 유치원 아이들에게 주사 놓을 때에야 아이들의 울부짖음을 듣고서 그들의 고통을 의식하게 되었다고 한다.

뒤늦게 그는 반성한다. 왜 그들의 고통을 짐작하지 못했을까? 그들에게 주사를 놓기 전에 구부러진 주삿바늘을 자신의 팔에 직접 찔러봤으면 그 고통을 느낄 수 있었을 텐데, 왜 그런 생각을 못 했을까?

이 느낌은 그의 뼛속 깊이 새겨졌고 그 뒤로 그의 글쓰기에 그림자처럼 따라다녔다고 고백한다. 타인의 고통이 나의 고통이 되었을 때 진정으로 인생이 무엇인지 글쓰기가 무엇인지 깨달을 수 있었다고.

다른 사람의 사정에 귀를 열고 그 아픔에 눈뜰 때 또 다른 세상이 펼쳐지기를 꿈꿔본다.

마음을 아는 사람

나의 마음을 아는 사람은 몇 명이나 있을까?

얼마 전 본 영화에서 마주한 질문이다.

한문을 가르치는 학원, 중학교 2학년 소녀 두 명이 한문을 배우고 있다. 젊은 여성 선생님이 칠판에 한문 문장을 적는다.

명심보감에 나오는 相識滿天下 知心能幾人(상식만천하 지심능기인)이다. "서로 얼굴을 아는 사람은 세상에 가득하지만, 마음을 아는 사람은 몇이나 되겠는가." 음과 뜻을 알려주고는 학생들에게 묻는다.

"여러분을 아는 사람은 몇 명일까요?"

나를 아는 사람이야 많지, 하며 소녀들은 킥킥거린다. 하지만 뒤이어 나오는 질문에 조용해진다.

"아는 사람 중에 여러분의 속마음을 아는 사람은 몇 명일까요?"

이어지는 장면에서 클로즈업된 주인공 소녀의 얼굴은 훅 들어온 질문에 휘청하는 듯, 당황스러움과 두려움이 뒤섞인 표정이다. 아마도, 나에겐 없는데, 하는 막막함 때문이리라.

소녀의 집에는 가부장적 아버지에 생업에 바빠 살갑게 자녀를 챙기지 못하는 엄마, 수시로 때리는 오빠, 공부 못한다고 구박받으며 밖으로만 나도는 언니가 있다. 학교에는 학생들에게 날라리를 적어내라고 윽박지르고 "우리는 노래방 대신 서울대에 간다."는 구호를 외치게 하는 교사와 수업 시간에는 만화를 그리고 쉬는 시간엔 엎드려 자는 소녀 뒤에서 "쟤 또 자네. 쟤는 대학도 못 가서 나중에 우리들 파출부나 할 거야."란 심한 말을 아무렇지도 않게 내뱉는 동급생들이 있다.

마음을 주고받던 남자친구와 따르는 후배가 있었지만 오래 가지 못한다. 아빠나 오빠에게 얻어맞은 이야기를 나누었던 단짝 친구조차 다급한 상황에선 혼자만 빠져나간다. 한 마디로 마음 둘 곳이 없다.

이런 환경에서 한문 선생님은 유일하게 의지가 되는 사람이다. 좋아하는 게 뭐냐고 묻고 만화 그리기라고 대답하자 자신도 만화를 좋아한다고 말해준다. 오빠에게 맞는다는 얘기를 듣고선 맞서 싸우라고, 절대로 가만히 있지 말라는 말도 해준다. 그리고 삶에 대해서도 얘기해주는데, 어떻게 사는 게 맞는지 알 것 같다가도 모르겠지만, "다만 나쁜 일들이 닥치면서도 기쁜 일들이 함께 한다는 것, 우리는 늘 누군가를 만나 무언가를 나눈다는" 사실을 환기시킨다. 그래서 "세상은 참 신기하고 아름답다"는 걸 깨달았음을 전해준다.

아무도 자신을 알아주지 않고 별다른 꿈도 없이 하루하루 무채색의 나날을 보내던, 앞날에 빛이라곤 기대할 수가 없어 "제 삶도 빛이 날까요?" 의문을 품었던 소녀가 이후 자신만의 세계를 이룬 어른이 될 수 있다면 잠시 곁에 있었던 한문 선생님의 덕이리라.

좋은 관계란 오랜 시간 함께 하지 않더라도 맺어질 수 있다는 사실, 짧은 순간 스쳐간다 하더라도 나를 이해하는 사람이 있는 한 남은 생을 의연하게 맞을 수 있으리라는 사실을 새삼 확인하게 된다.

내 마음에 돌 하나 던져진 것처럼 이 장면으로 인한 파문이 오래 이는 까닭은 나에게도 힘겨운 시간을 함께 나눴던 고마운 사람들이 있어서이다.

이젠 시간이 꽤 지나서 웃으면서 되돌아보지만, 당시엔 무슨 이런 일들이 일어나나 싶게 이해하기 어려운 상황 앞에서 어쩔 줄 모르던 때가 있었다. 그때까지 수면 밑바닥에 가라앉아 있던 온갖 문제들이 한꺼번에 솟구쳐 오르는 것 같은 시기에 하필 보직을 맡게 되어 광풍의 현장을 제대로 겪을 때였다. 실제 사실이 무엇인지엔 관심 없고 자신의 이익에 부합하는지가 우선이고, 아무렇지도 않게 어제 한 말을 바꾸는 이들을 보며 절망과 분노와 서글픔이 교차하곤 했다. 교수라면 적어도 이 정도는 지켜야 하지 않나 하는 상식이 마구 무너지는 시간이었다.

원래 사람의 선한 본성을 믿는 쪽이었는데, 이후 난 "세상의 본질은 어질지 않다"는 입장에 동조하게 되었다. 그래도 옳고 그름을 바르게 판단하는 분들이 있었기에, 내 세계관이 더 비관적으로 흐르지 않을 수 있었다.

악의적인 왜곡과 비방이 난무하는 속에서도 사태의 본질을 정확하게 짚고 흔들리지 않는, 존경스러운 사람들이 소수지만 존재했다. 정도(正道)에 대한 확신이 없다면 어려운 일이 아닐 수 없다. 아무리 세상이 이상하게 흘러가도, 정직하고 곧은 사람이 존재한다는 사실은 정말 큰 위로가 되었다.

그들 덕에 약해지는 내 마음을 다잡을 수 있었고 힘겨운 고비들을 넘어갈 수 있었다. 내 상황을 알아주고 함께 있어 준다는 것, 이해하고 격려해주는 게 얼마나 큰 힘이 되는지 경험한 시간이었다. 영화 속 한문 선생님의 말처럼 나쁜 일들이 닥치면서도 기쁜 일들이 함께 했던 것이다.

그래서 겉으로는 보잘것없어 초라해 보이는 삶이라도 누군가 자신의 속마음을 알아주는 이가 있다면 괜찮은 삶 아닐까 하는 생각이 좀 더 확실해졌다. 남이라도 마음을 알아주는 이가 있는 삶이라면 고해라 할 만한 세상을 건너기가 한결 수월하지 않을까 하는 생각도.

기억에 관한 세 가지 풍경

기억의 작용

사과라는 단어에서 당신은 무엇을 연상하는가?

탐스런 빨간 모양, 매끄러우면서도 단단한 촉감, 한입 베어 물었을 때 입 안에 가득 퍼지는 달콤새콤한 맛, 또는 사과를 가를 때 나는 경쾌한 소리…

사과에 대한 뇌의 기억작용을 다룬 동영상을 보니 사과를 인식하는 뇌의 작동은 상당히 복합적이다. 사과라는 이름은 뇌의 두정엽에 저장되고 색과 모양은 후두엽에 저장된다. 달콤한 맛은 뇌섬엽에, 끝으로 사과를 반으로 가를 때 쩍 갈라지는 소리는 측두엽에 저장된다고 한다. 이처럼 뇌 속의 다양한 장소에 각각 저장된 정보가 모여 이루는 것을 우리는 기억이라고 부른다.

뇌에 들어온 기억이 잠시 머무는 기관이 있다. 해마라고 하는 이것은 기억의 중요성을 판단해 장기 기억 저장소로 옮기고 다시 불러내는 기억 재생 기관이다. 해마는 나이가 들수록 퇴화하고 뇌질환으로 손상되기가 쉬운데, 나이가 들어 기억력이 점차 감퇴하는 것은 이 때문이다.

뇌 속에는 기억에 관여하는 또 하나의 기관이 있다. 편도체라는 작은 공간이다. 이 안에 숨어 사라지지 않는 기억을 정서기억이라고 한다. 낯익은 엄마 냄새에 마음이 편안해지고 좁은 골목길을 보면 어린 시절 뛰어놀던 골목길이 떠올라 정겨움을 느끼고 시골 풍경에서 고향을 연상하는 것 같은 감정의 기억은 편도체 안에 숨어 오래도록 바래지 않고 존재한다.

기억의 고통

현실이 힘들고 버거울 때면 이전의 행복했던 시절을 불러낸다. 아직 젊고 자신만만했던 때, 여유롭고 건강했을 때 그 기억에 기대어 다시 세상과 맞부딪쳐볼 용기를 얻곤 하니까. 거꾸로 끔찍했던 기억은 하루빨리 잊으려 애쓰게 된다. 두더지 잡기 기계에서 불쑥불쑥 올라오는 두더지 머리를 뿅망치로 내려치듯 솟아오르는 나쁜 기억은 얼른얼른 없애버리고 싶다.

그런데 그게 잘 안되는 사람이 있다. 뇌리에서 지워버리고 싶은데 자꾸 기억나서 괴롭다. 자신에게 손해나는 일은 빨리 잊을수록 편해지련만 그러지 못해 고통스럽다. 내 일이 아니라고 어찌 모른 척 할 수 있냐는 생각 때문에 늘 삶이 힘겹다. 마음이 여리고 타인의 아픔에 잘 공감하는 사람, 이기심이 팽배한 이 세상에서 흔히 바보 같다는 말을 듣는 사람들에게서 보이는 면면이다.

세월호 침몰 현장에서 피해자를 수습했던 잠수사 고 김관홍 씨도 그런 사람이다. 많은 사람이 잊고 외면하고 심지어 지켜

위하는데, 그는 바다 밑 참상에 대한 기억으로 괴로워하다 생을 마감했다.

사고 1주일 뒤 뉴스를 보고 '자원봉사'로 현장에 갔던 그는 제대로 먹지도 자지도 못하는 상황에서 잠수를 했다. 잠수 도중 죽을 뻔했으면서도 "사람 부족한 것 뻔히 아는데 어떻게 그냥 가나?"며 현장을 지켰다. 잠수를 한 뒤 최소 12시간 휴식해야 하는 원칙을 어기고 하루 대여섯 번씩 잠수를 했고 그 후유증으로 몸이 망가졌다. 더 이상 잠수를 할 수 없게 된 그는 생계를 위해 대리운전을 했다.

그런데 눈을 감으면 당시 참상이 떠올라 잠을 이루지 못했다. 품에 안고 나온 아이들에 대한 기억 때문에 살아있는 자신의 아이를 안지 못했다. "하루에 한 번도 세월호 얘기를 생각 안하길 바라는데, 한 번도 생각 안하는 날이 없다."던 그는 대리운전 일을 끝내면 집에 가서 자는 게 아니라 새벽 5시까지 무작정 걸어 다니곤 했다고 한다.

그는 세월호 청문회에서 물었다. "고위 공무원들에게 묻겠습니다. 저희는 그 당시 생각이 다 나요. 잊을 수 없고 뼈에 사무치는데 사회지도층이신 고위 공무원들께서는 왜 모르고 기억이 안 나는지?"

아이들이 너무 생생하게 기억나 힘들어하던 그는 결국 이
세상을 버텨내지 못했다.

기억상실

뇌 속의 해마가 손상을 입어 기억을 하지 못하는 것이 아니
라 기억하고 싶은 것만 기억하는 사람도 있다. 분명히 몇 년 전
자신이 했던 말인데도 기억나지 않으며, 특히 자신에게 불리
한 사실은 기억하지 못한다.

불법 거래에 개입한 정황이 확실한 데도 전혀 모르는 사안
이라고 하며, 수상한 계약 현장에 있었으면서도 가지 않았다
고 주장하고, 재산형성에 대한 의혹에 대해서도 모르는 사실
이고 처나 배우자의 몫이라고 둘러댄다. 선거 때 목청 높여
천명했던 공약임에도 시간이 지나면 언제 그런 말을 했냐는
듯이 슬그머니 꼬리를 감춘다.

"오래되어 잘 기억이 나지 않는다."
전에도 들었던 말 같은데 요즘도 들린다.

편의에 따른 기억상실. 그들만의 기억법이 따로 있는 것일까?

조지 오웰의 유명한 소설 「동물농장」에서도 기억에 대한 이야기가 나온다.

농장주인 존즈를 쫓아내고 동물만의 나라를 세운 동물들. 인간의 지배에서 벗어나 자신을 위해 일하는 기쁨을 만끽하는데, 시간이 지나면서 특권을 누리는 계층이 생겨난다. 모든 동물은 평등하며 침대에서 자면 안 된다는 계명과 달리, 돼지들은 일을 하지 않고 우유와 사과를 먹고 집 안에서 지내며 침대에서 자는 것을 알게 된다.

의아하게 여기는 동물들에게 스킬러가 그럴듯하게 설명해준다. 농장의 동물들을 위해서 돼지들이 얼마나 힘든지 호소하는 말끝에 돼지들이 약해지면 존즈가 되돌아온다며 쐐기를 박는다. "존즈가 되돌아온다." 이는 동물들이 가장 두려워하는 상황이므로 불평을 잠잠하게 하는 데 이 말 이상으로 효과 있는 건 없었다.

동물주의 계명의 내용이 교묘하게 바뀌지만, 동물들은 바뀌었다고 생각하는 게 아니라 자신이 제대로 기억하지 못한다고 여긴다.

"나이 든 동물들은 때때로 흐릿한 기억을 더듬어 존
즈를 마악 쫓아내고 났을 때의 그 반란 초기의 농장이
지금보다 더 살기 좋았던 것인지 아니면 더 못했던 것
인지 기억해 보려 했다. 하지만, 기억이 나질 않았다."

서글프지만 담담하게

봄이다!

지난겨울 혹독한 추위 속에서 그리도 멀어 보였던 봄이 이제 우리 곁에 와 있다. 나뭇가지에 푸릇푸릇 돋은 새순을 보며 봄이 왔음을 실감한다.

봄에는 김동인의 「배따라기」 도입부가 떠오른다. 모란봉 일대 따스한 봄날의 정취에 흠뻑 빠진 주인공이 등장하기 때문이다. 그는 대동강의 뱃놀이, 모란봉 기슭의 '새파랗게 돋아나는 풀', '모란봉 꼭대기에 올라가면 넉넉히 만질 수가 있으리만큼' 낮은 하늘 등을 바라보고 있다.

그런데 하늘을 만질 수 있을 정도로 낮다고 생각하는 것이 눈길을 끈다. 보통 광활한 하늘에 비해 인간의 존재가 미미하다고 여기는데, 이 인물은 하늘을 '우리 사람의 이해자'처럼 느끼며 자연을 뛰어넘는 인간의 위대함을 찬양하고 있다. 이 부분을 읽을 때면 나는 삶의 고단함을 아직 체험하지 않은 젊은이의 자신만만함을 느끼곤 한다.

이처럼 젊은 날엔, 내 앞에 펼쳐지는 시간의 도화지에 마음대로 색칠만 하면 멋진 그림이 완성되리라 기대한다. 그러나 시간이 흐르면서 자신의 삶이 애초의 생각과는 다르게 흘러가는 것을 바라보며 나이를 먹어 간다. 아름다운 그림과는 거리가 먼 형태로 변하는 것을 지켜보며 속수무책이란 말의 뜻을 절감하기도 하는 가운데 무심한 시간은 흐른다.

그리하여 한세상 살고 지나온 시간을 돌아볼 때 내 삶은 어떤 모양으로 기억될 것인가?

환한 봄 햇살이 눈부신 휴일 오후, 「봄빛」이라는 제목의 소설집을 집어 든다. 막상 읽어보니 봄과는 어울리지 않게 애달픈 삶의 이야기가 가득하다. 어느새 내 마음이 축축하게 젖어

든다.

태어날 때부터 예순이 넘은 나이까지 자신의 의지와는 전혀 상관없이 험한 삶으로 내몰린 이야기, 백 살을 바라보는 노모와 한평생 함께 살아온 예순 넘은 아들의 이야기, 완벽을 추구하는 아버지의 기대에 못 미쳐 아버지와 의절하다시피 살아온 주인공이 치매가 온 아버지를 바라보며 회한에 젖는 이야기, 치매 걸린 남편 앞에서 쏟아놓는 넋두리 같은 이야기들이 봄날을 배경으로 애잔하게 펼쳐진다.

노인들이 주로 등장하고 지난 시간을 반추하는 배경으로는 가을이 어울릴 법하지만 이 이야기들은 부신 봄빛 아래 전개되고 있다. 봄빛은 따스하지만 고단한 삶을 위로하는 것은 아니라는 점에서 무심하다. 행복한 자이건 불행한 자이건 봄빛은 누구에게나 골고루 따스하게 내리쪼이고 있을 뿐, 그 아래 벌어지는 인간의 아픔이나 괴로움과는 무관한 것이다. 봄날은 따뜻하지만 그 속에서 펼쳐지는 풍경은 따뜻하지만은 않음을 확인하게 된다.

소주 됫병을 들이붓지 않고는 화증을 견딜 수 없던 시절도 있었으나 자신이 쥘 수 있는 것은 아무것도 없이 빈손임을 깨달은 자, '죽어도 올라갈 수 없는 아득한 산'과도 같던 아버지가 치매에 걸리고 따뜻하고 순종적이던 어머니는 따박따박 말대답에 거친 표현도 서슴지 않는 노인으로 변한 것을 보고 세월의 비정함을 인지하는 자, 젊은 날 혁명을 위해 투쟁하던 남편이 치매에 걸려 아무것도 기억하지 못하는 것을 보며 지난 시간을 쓸쓸하게 반추하는 자들이 등장하여, 멋지게 살고 싶었으나 그렇게 되지 않는 것이 세상지사임을 서글프지만 담담하게 들려준다.

그리고 시간이 한참 흐른 뒤 젊은 날 생각하던 것과는 다른 결론에 이른다는 사실을 보여주기도 한다. 자식 고생시키지 않도록 술 담배 끊으라는 아내의 잔소리에 자식한테 짐이 되도록 살지 않을 거라고 큰소리쳤지만 치매로 기억을 잃어버리고, 늙어서도 제 할 나름이라고 생각해서 정신 반듯하고 입성 깨끗하면 늙어도 안 늙은 것처럼 보일 줄 알았으나, 늙어보니 늙음 자체가 죄라는 사실을 비로소 알게 되는 것이다.

나 역시 나이가 들어도 나 하기 나름이라 여겨 왔지만 최근 여기저기 이상 신호를 보내오는 몸을 보며 그러한 생각이 오만이었음을 인정하게 된다.

이 소설들이 보여주듯이, 젊어서 꿈꾸던 것과는 다른 세상을 살아가고 아무리 원해도 얻지 못해서 체념할 수밖에 없고, 행복한 순간이란 손으로 물을 움켜쥐면 금세 흘러나가듯이 흘러가 버리는 것을 경험하는 게 우리 삶이라면 너무 팍팍하리라.

그럼에도 살아가게 하는 힘은 가까운 이의 따스한 한마디 위로일 수도 있고 수북한 밥 한 사발일 수도 있다. 또는 물질과 무관하게 정신적 자산으로 행복할 수도 있겠다.

한세상 살고 나서 "그래, 한 시상 재미났는가?"하는 물음 앞에서 나는 뭐라고 대답할 수 있을까?

오늘도 봄빛은 누구에게나 골고루 내리쬐이고 있다. 조금 있으면 벚꽃이 흐드러지게 필 것이고 그 꽃이 지면 초여름의 향기가 온 천지에 퍼질 것이다.

불편한 이야기

"이 표현은 좀 불편해요."

고시원에서의 삶을 그린 소설을 토의하는 시간이었다. 소설 속 인물과 사건, 느낀 점들을 조별로 토의한 후 발표하는데, 한 조에서 나온 말이었다.

이 소설은 어려움 없이 살아온 대학생이 아버지의 사업 부도로 가장 저렴한 고시원에서 살게 되면서 겪은 일을 그린 작품이다. 시대 배경이 1991년으로, 이 시기는 고시원이란 공간이 '일용직 노무자들이나 유흥업소 종업원들'이 숙소로 쓰기 시작한 무렵이자 고시 공부를 하는 사람도 살던 마지막 시기였다는 설명이 나온다.

폭이 40센티 될까 말까 한 복도, '관'이라고 불러야 적절할 크기의 방, 옆방과는 1센티 두께의 베니어 판으로 나뉘어 있어서 아주 작은 소리까지 다 들리는 등, 고시원에서의 삶은 "여기서 사람이 살 수 있을까?" 의문이 들 정도로 열악하다.

학생들이 문제로 지적한 부분은 이곳에서 사는 남자들과 여자들의 태도가 다르다고 서술한 지점이었다. 남자들은 자신의 처지를 부끄러워하는 데 비해 여자들은 씩씩하다, 여자들은 세면장 겸 화장실에서 마주쳐도 언제나 당당했고, 자신의 볼일을 척척 다 보고, 웃기도 한다고 그 차이를 설명했는데, 여자들을 가리켜 '업소의 여급임이 분명할 그녀들'이라고 묘사한 것이다.

이어서 "건강한 것은 여자들이다"란 문장이 나오므로 여자를 긍정적으로 바라본 거라고 여길 수도 있지만, 허름한 고시원에서 살면서 당당하다는 건 일반적이지 않다는 시선, 궁핍한 삶에는 웃음이 불가능하다는 생각은 편견이 아닌지, 그런 성향의 여자를 "여급임이 분명"하다고 단정 짓는 것은 고려해야 할 태도 아닌지, 하는 문제 제기였다.

소설이 발표된 2000년대 초반에는 별다른 문제를 느끼지 못했던 부분이니, 그 사이 달라진 인식을 확인할 수 있었다.

　문득 몇 년 전 일이 생각났다.

　강의를 마치고 나오는데, 한 학생이 말씀드릴 게 있다면서 따라 나왔다. 방금 전 수업에서 소설의 인물 유형을 설명하며 정신적 불구자와 육체적 불구자가 등장하는 소설을 예로 들었는데, '불구자'라는 단어를 '장애인'으로 바꿨으면 좋겠다는 얘기였다.

　'시각장애인', '청각장애인' 같은 명칭이 자리 잡기 시작할 즈음이었던 것 같다. 나 자신은 폄하할 의도가 전혀 없었음에도 듣는 이가 불편하게 느낄 수 있다는 사실을 처음으로 인지한 사건이었다. 스스로 역지사지를 잘하는 편이라는 자부심이 있었기에 둔중한 충격을 느꼈던 기억이 있다.

　그 이후론 누군가에게 불편할 수 있는 부분이 있지 않은지, 더더욱 조심하며 강의하게 되었다. 그러고 보니 거부감이 들 법한 표현이 꽤 있었다. 특히 현실에 적응하지 못하거나 낙오된 인물, 혹은 저항하는 삶을 그린 작품들에서, 발표 당시엔 통용되었으나 현시점에서 불편할 수 있는 것들이 보이기 시작했다.

가령 보들레르의 시에서 잔느 뒤발에 대한 묘사나 관능적인 여성을 묘사한 부분, 「운수 좋은 날」에서 김첨지가 아내에게 '오라질 년'이란 말을 반복하고, 「날개」에서 주인공이 아내와의 어긋나는 관계를 '절름발이'로 비유한 것들에서 학생들은 거북해했다.

이전에 자각하지 못했던 것이 오늘 보인다면 사회의 인식 변화와 더불어 자신도 변화한 것이니, 그러한 변화에 대해 학생들과 허심탄회하게 이야기하면서, 각자의 시선을 수시로 점검하자는 말로 수업을 마무리했다.

그러던 차, 고인이 된 작가의 작품이 수정되고 있다는 기사가 눈에 들어왔다. 영미권 최대 출판그룹인 하퍼콜린스가 1920년에서 1976년 사이 발표된 애거사 크리스티 작품의 일부 표현을 삭제하거나 수정했다고 한다. 수정 대상은 '현대 독자들이 불쾌감을 느낄 수 있는 표현'이다. 주로 인종차별적 표현이라고 한다. 대표적으로 여성 인물의 상반신을 '검은 대리석'에 빗댄 표현과 흑인을 비하하는 용어를 지웠고, '원주민'이라

163

는 단어는 '현지인'이라는 단어로 대체했다고 한다. 또 영국 소설가 로알드 달의 작품도 외모나 체격, 인종 등 편견을 가진 표현 수백 군데를 수정했다고 한다.

이러한 움직임에 대해 '터무니없는 검열'이라고 비판하는 작가들이 있고, 표현의 자유를 강조하는 입장도 있다. 역으로 지금 기준으로 수용하기 어려운 표현들을 통해 당시 사회에 어떤 편견이 만연해있었나를 알게 하는 효과가 있다는 의견도 있다.

기사는 다양한 사례를 열거한 뒤, 이러한 원작 수정을 환영하는 입장에 대해서 설명한다. 누군가에겐 원작 수정이 '검열'이지만 또 다른 누군가에겐 환영할 만한 '업데이트' 과정이라는 것이다. 아울러 그동안 작가를 특권적인 존재로 여겨온 데 비해, 불편한 것은 읽기 싫다는 적극적인 독자가 탄생한 것이라고 덧붙인다.

그동안 이의제기를 받아보지 않았던 입장이라면 불쾌할 수 있겠고, 문제 제기를 하는 입장에서는 조금이라도 편견을 고칠 수 있어 바람직하다고 여길 것이다. 수정해야 한다 아니다

여부가 중요하다기보다, 누군가 불편할 수 있다는 생각, 누군가를 불편하게 하는 것은 피하자는 생각이 중요한 것 같다.

불편한 표현을 지우고 고친다고 해서 현실에 남아있는 혐오나 차별의식이 사라지는 것은 아닐지라도, 타인을 배려하는 마음이 확산된다면 조금 더 나은 사회가 되지 않겠는가.

視

시선

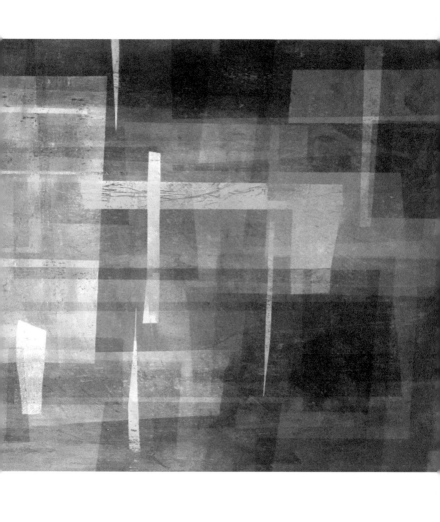

사랑의 응시

본다는 것

신경학 전문의이자 작가인 올리버 색스의 책에 흥미로운 예화가 나온다.

'아내를 모자로 착각한 남자'

젊은 시절 성악가로 이름을 날렸던 음악 교사가 상담을 청한다. 언젠가부터 학생들이 자기 앞으로 다가와도 얼굴을 알아보지 못하는 일이 생겨 병원을 찾은 것이다. 상대방의 얼굴을 알아보지 못할 뿐 아니라 소화전이나 주차요금 자동 징수

기를 보고 아이들의 머리를 본 듯 행동하기도 했다.

그의 눈을 검사한 결과, 사물의 색채나 형태를 보는 데는 아무런 이상이 없으나 장면 전체를 파악하지 못한다는 사실을 발견한다. 눈에 문제가 있는 게 아니라 시각을 담당하는 뇌 부분에 이상이 있어 전반적인 인지 방식에 잘못이 생긴 것이다. 사소한 것은 잘 보지만 전체적인 인식에 관심이 없으므로, 붉은 장미를 보고는 "길이가 15센티미터 정도군요. 붉은 것이 복잡하게 얽혀 있고 초록색으로 기다란 것에 붙어 있네요."라고 말할 뿐 그것이 장미라는 사실을 인식하지 못한다.

이 특이한 남자의 이야기는 보는 행위란 색채나 형태를 파악하는 데서 그치는 게 아니라 그에 대한 판단이 덧붙여지는 행위임을 새삼 일깨운다. 곧 시각적인 상상력과 기억력이 함께 작용하는 행위이며 다른 것과의 관계 속에서 보는 것임을 느끼게 하는 것이다.

판단이란 직관적이고 개인적인 동시에 종합적이고 구체적인 것이다. 그런데 이 환자처럼 뇌의 시각담당기관에 문제가 생기면 사물을 재현하고 상상하는 능력, 구체성에 대한 감각과 현실감이 결여되어 추상적으로 인지할 수밖에 없다.

하지만 이러한 시각인식 불능증에 걸린 자가 이 환자뿐일까? 구체적이고 현실적인 사실을 제대로 보지 못하고 추상적이고 계량적으로만 파악하려는 경우를 도처에서 목격하고 있진 않은가.

오늘도 우리는 누군가를 보고 무언가를 본다. 나는 제대로 보고 있는가? 엉뚱한 것을 보고 있는 것은 아닌가?

사랑의 응시

눈빛이 깊던 남자가 있었다. 한번 상대방을 응시하면 눈 한 번 깜박이지 않고 오래 지켜보던.

대결하듯 마주 바라보다가 나는 번번이 얼마 못 버티고 눈을 내리깔곤 했다. 스파이더맨이 거미줄을 발사하여 상대방을 옭아매듯이 그의 눈에서 뿜어져 나오는 빛으로 이뤄진 그물이 나를 싸안은 것 같은 느낌이었다. 그 정도의 시선으로 내 맘이 움직이진 않는다는 듯 태연을 가장했으나, 기실 난 그 눈빛에 저항할 힘을 애저녁에 잃어버린 상태였다.

흔들리지 않는 그의 눈동자를 마주하고 있노라면, 흘러가던 시간은 정지하고 이 세상에 오로지 그와 나만 존재하는 것 같았다. 때론 아득하게 무너져 내리는 느낌으로 나도 모르게 의자 팔걸이를 부여잡곤 했다. 그런 내 마음을 들키기 싫어 분위기를 깨는 엉뚱한 얘기를 툭툭 던졌는데, 무의미하게 내뱉은 나의 말에 반응하느라 잠시 파문이 일던 눈동자는 곧 다시 고요한 수면을 되찾곤 했다.

그가 있을 리 없는 장소에서도 느껴지던 그의 눈빛.

집 대문 앞에서 초인종을 누르는 저녁, 버스에서 열린 창으로 들어오는 부드러운 바람에 몸을 맡기고 흔들리고 있을 때, 봄날 하늘하늘 떨어져 내리는 벚꽃 잎을 바라보다가, 허물없는 친구들과 깔깔거리다가, 문득 그가 나를 보고 있나 뒤돌아보곤 했다. 당연히 아무도 없지만 그윽하게 웅숭깊던 눈길을 떠올리며 가슴 한가득 퍼져나가는 행복감으로 충만하던 시절.

밤하늘을 올려다보면 별들이 유난히 더 반짝이고 길 가 나무의 연초록 나뭇잎도 더 싱싱하게 빛나던 시간. 다시 돌아오지 않지만 기억 속에서 선연하게 재생되는 시간이 있다는 건

171

아름다운 일이다.

따뜻한 시선

대흥역 로터리에서 좌회전 신호를 기다리던 택시 안. 기사분이 허어허 하는 소리를 낸다.

라디오를 들으며 웃는 건가 바라봤더니 왼쪽 창 너머를 보며 혼잣말처럼 하는 소리였다. "허, 저, 저, 노인네가 길을 못 찾나 부네." 그 눈길을 따라 고개를 돌리니 길 가 파출소 앞에 허리가 구부정한 할머니가 경찰 옆에 서 있다. 할머니 손에 쪽지가 들려 있는 것으로 보아 아마도 길을 물어보는 것 같았다. 경찰은 손짓을 해가며 열심히 설명하는 모양인데 할머니는 쉽게 알아듣는 눈치가 아니다. 조금 후 경찰은 안으로 들어가 버린다.

"저런, 그냥 들어가 버리면 어쩌라고…" 기사분이 답답하다는 듯 또 한마디 한다. 그러나 경찰이 곧 다시 나오더니 할머니를 파출소 안으로 데리고 들어간다. 그러자 "그렇지, 직접 모시고 가서 알려줘야지, 경찰이 일을 잘하네." 안도하듯 말한다.

"아, 다행이네요." 잠잠히 있기가 미안해서 나도 한마디 보탰다.

곧 좌회전 신호가 떨어져 차는 그 자리를 떠났는데 기사분이 이야기를 이어간다. "나이가 들면 혼자 길 다니면 안 돼요. 서울 지리가 얼마나 복잡한데…"

참 선량한 사람이구나 생각했는데, 알고 보니 어머니 생각이 나서였다. 장남이라고 한다. 형편이 어려워 집이 좁고 불편한 데도 어머니가 장남 집에서 살겠다고 고집을 부려 아버지가 돌아가신 후 자신이 모셨다고. 그런데 아파트라 어머니가 집을 잘 찾질 못했고, 종종 길을 잃어 파출소 신세를 지기도 했다고.

결국 서울에서 못 살겠다고 고향에 내려가 두어 해 더 살다가 작년에 돌아가셨다고 한다. 자신이 한 달 버는 돈이 백만 원가량인데 어머니 끼니 챙기느라 힘에 부쳤다는 얘기를 곁들인다. 부인이 힘들어했겠다고 말했더니 "아유, 집사람은 많이 싫어했죠." 하며 뒤를 돌아본다.

마른 체격에 약간 벗어진 머리, 조금 어눌한 말씨. 한 눈에도 선해 보인다. 큰 욕심 없이 살았을 것 같은, 바라는 게 많지 않고 뭐든지 잘 양보할 것 같은 눈이다. 어머니 때문이 아니라도

길 잃은 노인을 보면 어디 찾으시냐, 말을 걸고 도와줄 것 같은

따뜻한 눈이다.

밖에서 바라보다

퇴근길 비가 억수로 쏟아졌다.

와이퍼를 제일 빠른 속도로 작동시켰는데도 앞이 희뿌옇다. 게다가 맞은편 차가 지나가면서 도로에 고여있던 물이 내 차로 확 뿌려져 잠시 앞이 안보이기도 했다. 두려움이 훅 덮쳤다.

이제껏 태풍 중 가장 강하다는 태풍 힌남노가 한반도에 상륙하기 전, 서울은 바람은 덜하지만 비가 엄청났다. 지난번 폭우에 사람들이 죽고 많은 곳이 침수되는 피해를 입은 터라 더욱 겁이 났다. 그 화려한 강남역 주변이 자동차들이 둥둥 뜰 정도로 물이 차오르고, 반지하 주택이 침수되어 그곳에 살던 일

가족 3명이 목숨을 잃고, 지하 주차장에서 빗물에 휩쓸려 실종되었다가 숨진 채 발견되고, 정말 재난영화같은 일들이 벌어졌던 게 불과 한 달 전이다.

불안해하며 조심조심 돌아와 집 안에 들어서니, 비로소 '집'에 도착했다는 안도감이 들었다. 창밖으로 세차게 퍼붓고 있는 비를 바라보고 있자니, 내가 비 '속'에 있지 않고 '밖'에서 바라보고 있구나 하는 생각이 퍼뜩 들었다. 텔레비전 뉴스에서 태풍 소식을 전하는 앵커의 목소리가 절박하게 울리는데, 나는 그 위험에서 잠시 유리되어 있다고 할까.

거실 창틀을 프레임으로 한 거대한 풍경을 망연히 바라보았다. 어마어마한 기세로 내려꽂히는 비의 무자비함. 그 어떤 것도 배려하지도, 관여하지도 않으며 자신의 존재에만 집중하는 듯한 힘. 그 앞에 무릎 꿇고 굴복해야 할 것 같은 위풍당당함에 압도당해 한동안 응시했다. 두려움과 아름답다는 인식이 뒤섞인 채.

누군가에겐 큰 피해를 끼치는 태풍이 이처럼 장관을 연출하다니 공평하지 않다고 고개를 젓다가, 또 다른 태풍의 이야기가 떠올랐다. 고레에다 히로카즈 감독의 영화 〈태풍이 지나가고〉의 장면이다.

비바람으로 나무가 휘어질 정도로 흔들리고 우산이 마구 날아다니는 밤, 놀이터의 미끄럼틀 아래 주인공 료타와 아들아이가 함께 앉아있다. 문어 모양 놀이기구 아래 둥글게 휘어진 좁은 공간은 동굴처럼 안온하게 비바람을 막아준다. 손전등으로 밖을 비춰보며 나란히 앉아있는 둘의 모습은 어둑한 가운데 손전등 빛이 주변을 밝히고 있어, 비바람이 휘몰아치는 깜깜한 밖과 대조적으로 아늑한 피난처에 있다는 느낌을 준다.

료타는 소설가이지만, 생계를 위해 사설탐정으로 일하는데, 버는 돈은 모두 경마로 잃는, 허황된 인물이다. 오랜만에 어머니 집에 와서도 숨겨놓은 돈이 없나 여기저기 서랍을 뒤지고 아버지 위패 옆에 올려둔 떡을 함부로 베어먹는, 철없는 행동을 한다.

아들애는 덕분에 일찍 철이 들었다. 이런 아빠가 싫어서 엄마가 이혼한 거라고 생각하므로, 아빠를 닮지 않으려 한다. 꿈이 뭐냐는 아빠 질문에 '공무원'이라고 답하는데, 야구를 좋아하지만 야구선수가 되긴 어렵다고 여기기 때문이다.

아이도 아빠에게 "뭐가 되고 싶었냐"며 "되고 싶은 사람이 되었냐"고 묻는다. 료타는 아직 되지 못했다고 하면서 "되고 못되고는 문제가 아니야. 그런 마음을 품고 살아가는 게 중요해."라고 덧붙인다. 아들에게 하는 말이지만 아마도 자신에게 해주고 싶은 말이었으리라.

다음날, 태풍이 잦아들어 말갛게 갠 파란 하늘이 펼쳐진다.

어머니가 사는 낡은 연립주택도 살랑이는 나뭇잎과 더불어 청량해 보이고 잔디도 더 파릇해진 것 같다. 도시로 돌아가기 위해 어머니 집을 나서는 이들의 표정도 밝아 보인다.

태풍이 몰아치는 밤, 미끄럼틀 아래 좁은 공간에서의 시간은 이들에게 뭔가 변화를 선사한 것이다. 아주 가녀리지만, 앞으로 새로운 삶이 전개될 수 있으리라는 기대가 생긴다. 적어도 다르게 살겠다는 결심은 했겠지 싶다.

이들처럼 태풍이 지나간 뒤 누군가의 마음이 누그러지고 누군가는 새로운 결심을 하고 누군가는 꿈을 다시 꾸고 하면 참 좋겠다. 그래서 이번 태풍이 큰 피해 없이 지나가기를, 태풍이 지저분한 것들을 휩쓸어가듯 누군가의 복잡한 마음의 실타래가 조금은 풀리고 정화되기를, 휘몰아치는 비바람을 조금이라도 막아주는 무언가가 또는 누군가가 모든 이에게 존재하기를, 빌어본다.

여전히 비는 퍼붓고 있다.

그땐 몰랐지만

"그땐 참 좋았는데… 요새 생각하면, 그때는 천국에서 산 거 같아요. 문제가 생겨도 선배들이 감싸주고 이해해 줬는데…"

얼마 전, 오랜만에 만난 후배 K가 근황을 전하면서 예전 모교에서 조교하던 시절이 그립다며 한 말이다. 성실하고 유능한 교수로 알려진 후배인데, 이런저런 스트레스가 많은가 보았다. 나도 어느 정도 짐작 가는 일이라 힘내라고 위로를 건넸다.

교수직이 다른 직종에 비해 조직 갈등이나 위계로 인한 압박 같은 일이 적은 편이지만, 그래도 비합리적인 일들, 터무니없는 사건이 꽤 일어난다. 나에게도 어처구니없는 상황에 맞닥뜨렸을 때가 있었다. 그럴 때 나도 K처럼 모교에서의 시간을 떠올리곤 했다. 선배는 다정했고 후배는 똘똘하고 깍듯해서, 늘 우아하고 단정한 방에 있는 느낌이었던.

하지만 시간이 더 흐르고 난 지금은 안다. 그땐 이해관계가 없었기 때문에 갈등이 적었음을. 우리 선후배들이 특별히 합리적이고 배려심이 많았던 것이 아니라는 사실을. 그리고 나를 포함해 '우리'가 천국이라고 하던 같은 시간에 누군가는 차별로 억울해했으리라는 사실을.

모교가 아닌 대학에서 근무하는 친구가 그 대학 출신들에게 알게 모르게 소외당하는 불쾌함을 토로하면, 무슨 그런 사람들이 있냐고 흥분했는데, 곰곰 생각해 보니 우리도 마찬가지였다. 내가 '그들'이 아니어서 심각하게 체감하지 않았다 뿐이지, 당연하다는 듯이 차별이 행해졌던 것이다. 똑같이 박사학위를 받았어도 모교 출신에게는 강의를 주는 반면에 그들에게는 주지 않았으니까.

후배 말을 듣고 떠오르는 생각을 곱씹다가 D선배가 했던 이야기가 생각났다. 평소 다른 사람 사정을 잘 헤아리고 올바른 삶을 살고자 늘 노력하는 선배라, 이번 이야기도 귀 기울여 들었던 터이다.

고교입시 세대인 선배는 중고교 시절 교회 다니는 일이 매우 재미있었다고 한다. 그 이유 중 하나가 이른바 명문 고교생들이 많아 서로 잘 통했기 때문이었다고. 그런데 대학생이 되어 교회 후배로부터 전혀 생각지도 못한 이야기를 들었다고 한다. 자신의 집이 장로 아버지에 자녀들이 모두 명문고에 다니는, 이른바 로열패밀리였으므로, 선배네 가족이 교회의 중심이었다는. 본인은 그런 사실을 의식하지 못했으므로 다른 사람들에게 특권층으로 비쳤다는 점이 억울했지만, 조금이라도 더 가진 사람들이 어떻게 살아야 하나를 화두로 삼게 되었다는 내용이었다.

나 역시 대학 입학 이후로 비슷한 사람들 사이에서 살아온 터라, 우리가 동시대 여성들에 비해 상당한 특혜를 누린다는 사실에 둔감했다. 주변을 보면, 더 부유하고 더 똑똑한 사람들이 많았으니까. 그에 비해 우리 집은 평범하고 나도 뛰어나지 않았기에 열등감이 있는 쪽이었지, 내가 누리는 게 특별하다는 생각은 별로 하지 않았다.

지금처럼 인터넷이 있는 시절도 아니니, 다른 사람의 삶은 어쩌다 신문 사회면에서나 읽게 되는 먼 세계에 속한 것이었다. 시위가 잦을 때라 아무개가 끌려갔다, 다쳤다 같은 소식은 공유했지만, 누가 가난해서 살기 힘들다더라 같은 이야기는 그다지 나눈 기억이 없다.

그때로부터 한참 세월이 흘렀다. 그사이 우리나라는 민주화도 이뤘고 부지런히 경제를 일구어 이른바 선진국 대열에 들어섰다. 간혹 강남에 갔다가 즐비한 초고층 건물과 식당, 카페들이 호화로운 데 깜짝 놀라곤 한다. 세계 어느 곳에 가도 인천공항만큼 넓고 쾌적한 공항이 없고, 스마트폰에, 한류에, 우리나라의 위상은 정말 많이 높아졌다.

그런데 한 구석에서, 듣고 싶지 않은 소리가 자꾸 들린다.

이만하면 성공한 걸까? 잘살고 있는 걸까?

4년 전이긴 하지만, 한 작가는 "도대체 왜 이다지도 나쁜 세계가 존재하는 것인가,는 의문 속에서 지난 몇 년간을 살았다."고 고백했다. 당시 국민소득이 3만 불을 향해 가고 있는데, '이다지도 나쁜 세계'라니…

물질적 풍요와 상관없이, 아니 풍요롭기에 더욱 어두운 그늘이 작가에게는 보였기 때문이리라. 여유로운 삶 이면에 유령처럼 보이지 않는 존재로 묻혀있던 방치된 삶이, 어느 때부터인가 무엇이 잘못인 건지 쉽게 판단할 수 없게 된 상황이, 그리고 내가 딛고 선 땅이 단단한 줄 알았는데 갑자기 와르르 무너질 수 있다는 사실이 보였기 때문이리라.

이 작가처럼 예민하지 못할지라도 이전에 몰랐던 것에 관심을 갖는 이들이 늘어가는 것 같긴 하다. 내가 별생각 없이 누려온 것들을 갖지 못한 이가 상당히 많다는 것을, 썩 많이 가진 것은 아니지만 그래도 가진 자에 속한다는 것을 자각하기 시작하면 이전과는 달리 좀 더 많은 것이 보이지 않을까?

선배 말대로 조금이라도 더 가진 이들이 어떻게 살아야 할지를 고민하고 좀 더 적극적인 관심과 행동으로 이어진다면, 이런 사람들이 많아진다면, 더운 여름을 견디기가 좀 낫지 않을까, 무더운 여름날 소망 하나 품어본다.

사실과 진실

처음엔 "엉엉 울면서 읽었다"에 눈길이 갔다.

공지영의 『우리들의 행복한 시간』에 대한 글이었는데, 글쓴이가 우리 사회의 왜곡된 현상을 똑 부러지게 짚어내는 여성 학자였으므로, "눈물을 흘렸다" 정도가 아니라 "엉엉" 울었다고 하니 슬며시 웃음이 나왔던 것이다. 나도 소설 속 사형수의 삶이 안타까워 눈물을 흘리긴 했지만 "엉엉"까지는 아니었기 때문에 글쓴이가 갑자기 어린애 같기도 하고 허물없는 친구 같기도 했다.

그러다 이어지는 문장에서 오래전 장면 하나가 떠올랐다. 여자 주인공보다 "강간 살인 용의자 윤수와 동일시하며 읽었다"고 쓴 대목에서였다. 자신의 상황과 비슷한 여자 주인공이 아니라 전혀 다른 시간을 살아온 윤수와 동일시했다는 것에서 25년 전 어느 날이 생각난 것이다.

가까운 선후배 5명이 스터디를 하던 때. 「허생전을 배우는 시간」이란 소설에 대해 토의하는 날이었는데, 작품 분석과는 별개로 모두 한 인물에 마음이 가 있는 걸 발견하고 웃었던 기억이다. 그 인물 이름도 윤수이다.

이 소설은 제목 그대로 고등학생이 「허생전」을 배우는 국어 수업을 중심으로 써 내려간 일기형식의 이야기이다. 하지만 지식인의 의미, 글읽기와 글쓰기, 삶의 문제 등 여러 가지 생각거리를 던지고 있어, 우리는 진지하게 의견을 나눴다.

국어 시간에 「허생전」을 서로 다르게 읽어내는 것처럼, 전교조 활동으로 쫓겨나는 국어 교사를 어떻게 생각하는지 상이한 반응들이 네 명의 학생들을 통해 그려진다. 똑똑하지만 자기 의견이 아니라 남의 말을 제 말처럼 내뱉는 학생, "우리 아버지가 그러는데" 하며 아버지 권위를 빌어오는 학생, 작품 이해도 깊고 자기 생각을 조리 있게 발표해서 국어 교사의 칭찬을 받는, '글도 잘 쓰고 말도 술술 하는 애'인 주인공, 그리고 말을 더듬고 자신의 생각을 논리적으로 표현하는 능력이 부족한 윤수가 그들이다.

현실에서라면 발표 잘하고 똑똑한 학생, 약자를 돕고 생각이 깊은 주인공 같은 학생을 선호하겠지만, 심정적으로는 모두 심약한 윤수와 동일시하고 있었다. 자신의 생각을 제대로 말하지 못하고 더듬거려서 반 아이들에게 놀림당하던, 그래서 허생에 대해서도 "아무도 자기를 알아주지 않아서" "아무도 모르는 곳으로 가 버렸다"고 해석한 윤수가 이해되고 가슴이 아팠던 것이다. 우리 모두 윤수 편이라는 사실에 재미있어하면서, 약자와 문제적 인물을 조명하는 소설을 더 열심히 탐구해보자며 토의를 마무리했다.

그때의 선후배들이 다시 모여 『우리들의 행복한 시간』에 대해 이야기한다면, 이번에도 윤수의 불행에 공감하리라.

우연히도 이름이 같지만, 이 작품의 윤수는 「허생전을 배우는 시간」의 윤수와는 비교할 수 없이 가혹한 시간을 보낸 자이다. 가난한 데다 폭력을 일삼는 아버지, 그런 아버지를 견디다 못해 집 나간 어머니, 어린 나이에 동생까지 보호해야 하는 소년이었다. 엄마가 잠시 이들을 데려가지만, 다시 버림받고, 고아원이든 소년원이든 가는 곳마다 폭력에 내몰리는 삶. 연약한 데다 눈이 먼 동생은 굶주림과 폭력을 견디지 못하고 길거리에서 죽고, 이후 윤수는 나쁜 친구들과 어울리면서 교도소를 들락거리게 되고 결국 강간 살인 용의자가 되기에 이른다.

만약, '사실'을 보도한다는 뉴스에서 그의 기사를 마주했다면 어떠했을까?

아마도 언론은 육하원칙에 의거해 언제 어느 장소에서 윤수가 공범과 함께 한 소녀를 강간 살해하고 두 여자를 죽였다고 보도했을 것이다. 그러면 십중팔구 극악무도한 놈이라고 몸서리치거나 이런 놈은 중형에 처해야 한다고 목청을 높였겠지.

작품 속 여자 주인공의 말처럼 기사에는 "사실은 있는데 사실을 만들어 낸 사실은 없"으므로 그렇게 되기까지 내몰린 정황을 모르니까. 그리고 알려고도 하지 않을 테니까. 공범이 거짓 진술을 했으리라는 의혹 같은 건 들어설 여지가 없으니까. 전과 5범이니 당연히 살인자겠지 확신하고 바로 잊을 것이다.

이런 걸 일일이 담아두기에 우리 생활은 너무 바쁘므로 간단히 소비하고 넘어갈 뿐이다.

하지만 소설은 그 이면을 보여주므로 악독해 보이는 인물의 사연에 귀를 기울이게 한다. 그러다 보면 단 한 번도 따뜻한 손길을 받아본 적 없이 냉대와 모멸 속에서 파멸의 구렁텅이로 내다 꽂혔던 사연을 알게 되고, 이런 처지라면 이렇게 살아갈 수밖에 없었겠구나 하는 생각도 고개를 드는 것이다.

거기에다가 윤수의 변화를 통해 세상을 향해 반항과 분노, 증오만 내뿜던 인간도 '길고 끈질긴 노력'으로 아주 느리지만 조금씩 마음을 열 수 있다는 가능성을, 궁극적으로 인간은 선하다는 사실을 조심스럽게 믿게 해준다. 도저히 이해할 수 없다, 나와 달라서 받아들일 수 없다고 단정 짓기 전에 그런 모습이 만들어지기까지 어떤 일들이 있었나 들어주려고 한다면, 더디더라도 세상이 조금은 달라지지 않을까.

너무 순진한 생각이라고 비웃음당할 수도 있겠으나, 그럼에도 "연민은 이해 없이 존재하지 않고 이해는 관심 없이 존재하지 않는다"는 작품 속 말에 힘을 얻어 다른 삶에 대한 이해 폭을 넓혀가 보자고 다짐해본다. 사실과 진실 사이의 거리에 더 관심을 가지면서.

오래전 외로운 인물의 슬픔을 같이 아파했던 선후배들이 보고 싶어진다.

내 안의 아이

"화내면 어떡해?"

"직원이 화낼까 봐 두려워 말을 하지 못하겠어요."

텔레비전 채널을 돌리다가 멈칫, 멈췄다. 한 여자아이가 가녀린 목소리로 말하고 있다.

요즘 유명한 오은영 박사가 아이들의 문제행동을 상담하는 프로그램이었다. 각양각색의 아이들 모습을 주시하면서 부모와 이야기를 나누고 아이의 속마음도 들어본다, 그 과정에서 부모의 과거가 딸려 나오고 사회의 문제가 들춰지기도 해서, 생각거리를 던져주곤 한다.

이번 주인공은 중 1 여자아이인데 겁이 많아 엄마가 늘 따라다녀야 하는 아이이다. 시지각 능력도 부족해서 찾기 쉽게 걸어놓은 교복을 찾지 못해 출근한 엄마에게 전화하고, 책상 위도 정리하지 못해 어지럽기 그지없다. 버스 기사에게 "청소년 1장"이란 말을 하지 못하고, 카페에서 음료수를 주문하지도 못하는데, 이유는 기사나 직원이 화낼 것이 겁나서이다.

내 어릴 때가 떠올라 계속 지켜보는데, 패널로 나온 두 연예인이 흥미로운 고백을 했다. 과장된 몸짓과 수다스러운 캐릭터로 알려진 이들인데, 둘 다 어린 시절 소심했다는 뜻밖의 이야기를 풀어놓았다. 한 명은 화장실 가고 싶다는 말을 못해 그만 실례해 버린 적이 있고, 다른 한 명은 버스에서 내릴 때 혼자 내리면 사람들 시선을 받는 게 두려워 내릴 곳이 아닌데도 여러 사람이 하차할 때 내렸다는 것이었다.

나에게도 비슷한 경험이 있다.

초등학교 2학년 때, 방향을 잃고 헤매던 순간이 있었다. 담임 선생님의 심부름으로 교무실에 가서 무슨 서류를 받아와야 하는데, 교무실을 찾지 못해 애가 타던.

나 역시 좀 어리바리한 데다 말 걸기를 주저하던 아이였으므로, 선생님께 위치를 제대로 물어보지 못했던 탓이다. 교실을 나오긴 했지만 교무실 위치를 짐작할 수 없어서 막막하던 그때 심정은 주변이 온통 희뿌옇하던 장면으로 뇌리에 저장되어 있다. 심부름 간 애가 오지 않으니까 선생님이 다시 남자애를 보냈고, 그 애 덕에 무사히 교실로 돌아올 수 있었다. 너 여기서 뭐하고 있냐는 그 애 말에 창피하면서도 안도했던 심정이 지금도 꽤 생생하게 떠오른다.

어린 맘에도 그런 모습은 바보 같아 보여서, 이후 변화하려고 노력하기 시작했다. 미국의 작가 수전 케인의 『콰이어트』를 보면 외향성을 롤모델로 강요하는 사회 분위기에 대해 지적하고 있는데, 어렴풋이나마 나도 그런 분위기를 감지했던 거 아닐까 싶다.

노력 덕에 학년이 올라갈수록 조금씩 활달해졌고, 중2에 와서는 가벼운 일탈을 시도할 정도로 발전(?)했다. 착실한 모범생은 매력 없다는 생각이 확고해져서, 이른바 노는 아이들과도 허물없이 지내고 라디오 음악프로그램을 열심히 들으며 팝송을 외우곤 했다. 쉬는 시간에 도시락을 까먹고 수업 시간에 몰래 소설책을 돌려보는 짜릿함을 느끼고, 고등학교에 와선

써야 하는 교복 모자를 안 쓰고 신으면 안 되는 운동화를 신는 등, 크게 벌 받지 않는 선에서 규율 위반을 재미 삼았다.

결혼 후에는 아이 키우며 바삐 살다 보니, 내 모습을 고민할 새도 없이 시간이 흘렀고, 얌전함과는 거리가 먼 아줌마가 되어 있는 것을 어느 날 문득, 발견하게 되었다. 이젠 아줌마를 넘어 어르신 대열에 들어와 보니, 예전 같으면 심장 뛰고 놀랄 일에 무덤덤하게 넘어가고 있음을 깨닫는다.

그렇지만 여전히, 말 걸기 어려워 머뭇거리고 낯 가리던 아이가 내 안에 남아있음을 느낄 때가 있다. 잘 모르는 사람이나 관공서 등에 문의하는 전화는 지금도 긴장되고, 지나치게 말이 많고 이질적인 사람들과 섞이는 건 여전히 싫다. 왁자한 분위기에서 도망가고 싶을 때, 혼자만의 시간이 간절할 때, 그 아이는 내 안에서 신호를 보낸다.

그리고 온 세상이 희뿌옇던 그때 내 심정 같을 상황에 마음이 쓰이게 한다. 문학작품에 무수히 등장하는 내성적인 인물을 현실에서 마주쳤을 때 한 번 더 돌아보게 되고, 번쩍이는 스포트라이트를 받는 쪽보다 그늘에 가려 잘 보이지 않는 쪽에 마음이 기우는 것도 내 안의 아이 덕분인 듯하다.

수업 중에 똑 부러지는 목소리로 발표도 잘하고 활달하게 인사도 잘하는 학생이 맘에 드는 한편으로, 교실 한구석에서 외따로 떨어져 혼자 앉아있는 학생이나 발표하라고 호명하면 작은 목소리로 가만가만 말하는 학생에게 눈길이 가는 것도, 화려한 커리어로 빛나는 이들보다 실패의 아픔을 끌어안은 이, 자기 몫을 주장하지 못하고 쭈뼛거리는 이, 할 말은 많아도 겉으로 드러내지 못하는 이들에게 힘을 보태고 싶은 까닭도.

한때 벗어나려 했던 그 아이가 있어서 다른 사람 고통에 무감하거나 오만해질 수 있는 여지가 조금이라도 줄어든 게 아닐까 하는 생각이 이제 비로소 든다.

그들의 봄

추위로 꽁꽁 얼어붙었던 대지가 몽글몽글 녹기 시작한다.

앙상했던 나뭇가지에 연둣빛 새순이 살며시 돋아나고 남녘
엔 매화가 피었다는 소식이 들리며 봄은 우리 곁에 성큼 다가
온다. 기후변화로 이상 현상이 많아지는 요즘, 봄을 다시 만날
수 있음이 새삼 감사하다.

겨울을 견디고 맞이하는 봄은 고난을 감내했을 때 밀려오는
환희를 연상시킨다. 죽음과도 같은 고통을 이겨낸 후 새로운
생명을 얻는 것 같기 때문이다. 그래서 겨울이 길수록, 추위가
모질수록, 봄을 맞는 기쁨은 크다. 이런 까닭에 수많은 문학작

품에서 봄은 고난과 죽음, 시련을 이겨낸 생명과 삶, 희망의 상징으로 묘사되고 있다.

일제 강점기 암울한 시대에 무력한 자신을 부끄럽게 여기던 윤동주는 그래도 '봄'이 오리라는 희망을 놓지 않았다. "인생은 살기 어렵다는데 시가 이렇게 쉽게 씌어지는 것은 부끄러운 일이다"라는 자각으로 (「쉽게 씌어진 시」) "밤이면 밤마다" 참회하면서(「참회록」), '겨울'이 지나가기를 간절히 기다린다.

> 그러나 겨울이 지나고 나의 별에도 봄이 오면
> 무덤 위에 파란 잔디가 피어나듯이
> 내 이름자 묻힌 언덕 위에도
> 자랑처럼 풀이 무성할 게외다.
> — 「별 헤는 밤」 중에서

곧 지금은 죽음처럼 암담한 겨울이지만, 이 시간이 지나면 봄이 올 것이고, 그때 부끄러움은 '자랑'으로 변할 것이라는 소망을 품었던 것이다.

1921년에 발표된 김동인의 「배따라기」는 또 다른 성격의 봄을 그린다.

이 소설은 일종의 액자소설로서, '배따라기' 노래를 구슬프게 부르는 사내의 사연이 속이야기라면 그 사연을 듣고 독자에게 전하는 화자 '나'의 이야기가 액자의 틀 역할을 한다.

어디선가 '배따라기' 노래가 들려오기 전까지 '나'는 모란봉 기슭에서 따스한 봄의 정취에 흠뻑 취해 있다. 대동강의 뱃놀이, 모란봉 기슭의 '새파랗게 돋아나는 풀' '우단보다도 부드러운 봄 공기' '꽤 자란 밀 보리들로 새파랗게 장식한 장림(長林)의 그 푸른 빛' 등, '사람을 취케 하는 푸르른 봄의 아름다움'과 '봄의 정다움'을 만끽하고 있다.

이처럼 아름다운 봄 풍경에서 그는 유토피아를 떠올리는데, 이 상념은 진시황에 대한 생각으로 번진다. 일반적 평가와는 다르게 그는 진시황이야말로 '사람의 위대함을 끝까지 즐긴' 자로서 '인생의 향락자며 역사 이후의 제일 큰 위인'이라고 여긴다.

이는 도덕과 무관하게 향락을 중시하는 작가의 세계관을 드러내는 한편으로, 삶에는 예상하지 못한 결락이 존재한다는 것을 아직 겪지 않은 젊은이의 자신감을 보여주는 장면이다.

이러한 태도는 운명 앞에서 인간은 무력한 존재라는 '배따라기' 사내의 사연과 배치된다. 돌이킬 수 없는 실수로 평생 회한을 안고 살아가는 사내의 삶은 화자의 삶과 달리 봄날로만 채워지지 않는 삶의 비애를 곱씹게 하므로.

또 봄날을 배경으로 한 소설을 거론할 때 김유정의 「봄봄」과 「동백꽃」을 빼놓을 수 없다.

두 작품 모두 일제 강점기 농촌의 어리숙한 인물이 등장한다. 데릴사위로 들어와 삼 년 일곱 달이 되도록 일만 한 남자(「봄봄」), 마름의 딸 점순의 '긴치 않은 수작' 때문에 분이 나는 열일곱 소년(「동백꽃」)이 그 주인공이다.

전자의 '나'는 점순이의 키가 자라면 성례시켜 주겠다는 장인의 말을 믿고 기다렸으나, 계속 성례를 미루니 답답한 중이다. 우직하게 일하다가도 골이 나면 "골김에 이놈의 장인님, 하고 댓돌에다 메꼰코 우리 고향으로 내뺄까 하다가 꾹꾹 참고", 짜증이 나다가도 곧 성례시켜 준다는 꼬임에 "귀가 번쩍 띄어서" "남이 이틀 품 들일 논을 혼자 삶아놓"는 등의 순박함이 웃음과 재미를 준다.

사건은 그가 점순의 말을 곧이곧대로 믿는 데서 비롯된다. 구장을 찾아갔다가 별 소득 없이 돌아오자, 점순이 핀잔을 준다. "안 된다는 걸 그럼 어떡헌담!" 하자 "쉼을 잡아채지 그냥 둬, 이 바보야!" 한 것이다.

'바보'라는 말에 충격받은 '나'는 일하기를 거부하고 드러눕는다. 이에 화가 난 장인이 볼기짝을 후려갈기자 점순의 말대로 장인의 수염을 잡아채고 실랑이 끝에 장인의 바짓가랑이를 잡아낚는다. 그런데 점순이 좋아하기는커녕 "이 망할 게 아버지 죽이네!" 하며 달려든 것이다. "제 원 대로 했으니까" "퍽 기뻤겠지" 생각했는데, "대체 이게 웬 속인지" 영문을 몰라 하는 우스꽝스러운 상황에서 이야기가 끝난다.

「동백꽃」은 "오늘도 또 우리 수탉이 막 쫓기었다."로 시작함으로써, 점순이 소년의 수탉을 반복적으로 괴롭히고 있음을 알려준다. 문제는 '나'가 점순의 속마음을 모르고 '까닭없이 기를 복복 쓰며 나를 말려 죽이려고 드는 것'이라고 여기는 데 있다. 점순의 도발은 강해질 수밖에 없고, 급기야 '나'가 점순네 닭을 때려 죽게 만든다.

울음이 터진 '나'에게 "닭 죽은 건 염려마라. 내 안 이를 테니.” 안심시키며 점순은 ‘나’의 어깨를 짚은 채 쓰러진다. 그 바람에 둘은 “한창 피어 퍼드러진 노란 동백꽃 속으로 폭 파묻혀 버렸다.” 그동안의 대립이 무화되는 이 장면은 “알싸한, 그리고 향긋한 그 냄새에 나는 땅이 꺼지는 듯이 온 정신이 고만 아찔하였다.”는 묘사로 봄날의 향기와 어우러져 막 깨어나는 관능을 감각적으로 보여준다.

「봄봄」에서도 봄날은 후각과 청각, 촉각을 총동원해 본능을 일깨우는 건강한 생명력을 드러내면서 한 폭의 아름다운 수채화로 다가온다.

밭 가생이로 돌 적마다 야릇한 꽃내가 물컥물컥 코를 찌르고 머리 위에서 벌들은 가끔 붕, 붕, 소리를 친다. 바위틈에서 샘물 소리밖에 안 들리는 산골짜기니까 맑은 하늘의 봄볕은 이불 속같이 따스하고 꼭 꿈꾸는 것 같다. 나는 몸이 나른하고(몸살을 아직 모르지만) 병이 날려구 그러는지 가슴이 울렁울렁하고 이랬다.

이러한 봄의 정취는 어수룩한 인물이 야기하는 웃음과 더불어 궁핍한 농촌의 현실을 능쳐놓는다. 곧 동리 사람들이 '봉필'이란 이름을 '욕필이'라 손가락질할 정도로 "욕 잘하고 사람 잘 치고 생김 생기길 호박개 같"은 장인의 횡포(「봄봄」), "내가 점순이하고 일을 저질렀다가는 점순네가 노할 것이고, 그러면 우리는 땅도 떨어지고 집도 내쫓기"게 된다는 '나'의 말에서 알 수 있는 마름의 위세(「동백꽃」), 욕을 먹어도 "굽실굽실" 살아가는 소작인의 삶이 봄날의 풍경과 해학적 정황으로 인해 그 정도가 희석되는 것이다.

이와같이 봄은 암담한 나날을 견디고 새로 단장한 희망의 얼굴을 하고 젊은이의 자신감과 생명력을 안고서 우리 곁에 온다. 고달픈 삶에도 봄은 오므로, 봄 햇살 한 줌에서 위안을 얻고 다시 살아갈 힘을 얻는다면 감사한 일이리라.

기다림 저편

떠나요 둘이서 모든 것 훌훌 버리고

제주도 푸른 밤 그 별 아래…

일상에 찌들어 어디론가 떠나고 싶을 때면 머릿속을 맴도는 노래이다.

푸른 밤하늘과 바다, 우리를 얽매는 것들로부터 벗어난 삶, 복잡한 도시를 떠나 낑깡밭과 감귤밭을 일구며 사는 소박한 삶.

제주도는 청량한 푸른 이미지로 우리에게 손짓한다.

하지만 어느 해인가 그 이미지가 산산이 부서졌다. 2월 말의 남녘엔 봄 내음이 물씬하겠거니 했는데, 웬걸 쌀쌀한 바람이 사정없이 옷깃을 파고들고 바다의 물결은 포효하듯 날뛰고 있었다. 푸름이 아니라 사납고 거칠고 스산했다. 그동안 날씨가 좋을 때만 왔던 것이다.

기당 미술관, 변시지 화백의 그림 앞에서 그 기억이 떠올랐다.

1926년 제주에서 태어난 변화백은 일본에서 활약하다가 1957년 귀국해 서울에서 활동한다. 1975년 고향으로 돌아와 2013년 작고하기까지 제주 풍광을 그렸다.

그런데 그의 그림에 제주의 푸른 바다는 없다. 제주의 트레이드마크라 할 유채꽃밭도, 동백꽃도 없다. 언덕 위 한켠에 초가집 하나 쓸쓸히 서 있고, 그 옆에 소나무 한두 그루, 지팡이를 짚고 있는 구부정한 사내와 조랑말, 그리고 가끔 새 한 마리가 전부이다. 그리고 배경이 바다든 폭포든 모두 황톳빛이다. 푸른 바다와 노란 유채꽃밭을 기대한 사람에게는 낯설 뿐 아니라 황량하기까지 하다.

그 중, 「기다림」이란 그림이 유독 시선을 붙잡는다.

아득한 바다 끝에 돛단배 하나 떠 있고, 폭풍이 불기 전일까 하늘은 검은빛으로 불안정하게 출렁이는데, 초가집은 비스듬히 기울어 있어 위태로워 보인다. 그 앞에 가느다란 소나무 세 그루, 덥수룩한 머리의 사내는 지팡이를 짚고 나무에 기댄 채 고개를 수그리고 있다.

무엇을 기다리길래 저런 자세로 서 있는 걸까?

얼핏 체념한 것처럼도 보이고, 회한에 가득 찬 것 같기도 한데, 그 어떤 감정도 내면 깊숙이 감추고 그 안에 똬리를 튼 채 침묵하고 있는 듯하다. 보는 사람 마음도 한없이 가라앉는다.

인상적인 점은 다른 그림들에서도 사내의 자세는 동일하다는 사실이다. 하늘에 태양이 빛나고 있거나 바람이 불거나, 앉아 있거나 서 있거나. 심지어 초가집을 허물듯 파도가 솟구쳐 오르고 나무가 휠 정도로 폭풍이 몰아치는 중에도 같은 자세로 바람을 맞고 있다.

그림을 뚫고 나올 듯 폭풍의 위력이 압도적인데 피하지 않고 바람 속에 있는 모습은 모든 것을 묵묵히 받아들이는 것처럼 보인다. 평화롭고 안온한 것만이 아니라 거센 바람으로 표현되는 척박한 환경, 그리고 변덕스러운 삶의 속성까지 모두.

어떤 상황이든 있는 그대로 수용할 수 있다면 헛된 욕망이나 정념에 휘둘릴 일도 없을 터. 그러고 보니 그의 모습은 체념이나 슬픔이 아니라 텅 빈 마음에서 비롯되는 평안과 겸양을 나타내는 게 아닐까.

인간이 최고라는 오만함과 거리가 먼, 조랑말과 새들과 함께 살아가며 험악한 환경도 불평하거나 회피하지 않고 그대로 받아들이는 삶. 그래서 적막해 보이지만 충만한 삶.

그 속에서 황톳빛은 쓸쓸한 색이 아니라 인간과 자연이 한데 어울려 살아가는 생명의 색으로 빛나고 있다.

한여름의 변명

평소 좀 게으른 편이다.

주변이 지저분해도 치울 생각 않고 뒹굴거리기 좋아하고 살림은 대강 하자는 주의이다. 그러다 보니 뭔가가 고장 나고 돌발상황이 일어나면 아주 난감하다. 왜 그런지 알아보고 부품을 사고 고치고 하는 절차가 너무 번거로운 것이다. 그래서 문제가 생기면 빨리 해결할 생각은 하지 않고 아, 어쩌지, 언제 고치지, 하면서 최대한 질질 끌어 손쓸 수 없는 지경에 이르러야 움직인다. 내가 생각해도 한심하지만, 늘 그런다.

이번 여름은 유례없는 폭염으로 집안이고 집 밖이고 부글부

글 끓고 있는데, 하필 냉장고가 이상해지기 시작했다. 냉동고 안의 아이스크림이 덜 단단하다 싶더니 딱딱하게 얼어있던 고기도 물렁해지고 무엇보다 얼음이 조금씩 녹았다. 큰일 벌어졌구나 싶었지만, 다행히 냉장은 되길래 그 상태로 여러 날 견디다가 냉동실 내용물이 완전히 흐물거리는 지경이 되어 AS를 청했다.

방문한 기사는 컴프레서가 고장났다며, 수리하느니 새로 사는 게 낫겠다고 한다. 오래 썼으니 새 거 살 때도 됐지 뭐, 생각하면서 기사를 일찍 불렀다면 고칠 수 있었을까 하는 의구심을 눌러 지웠다.

며칠 후 이번엔 핸드폰이 말썽을 부리기 시작했다. 더위 먹은 듯 맥없이 꺼지는 것이었다. 그때마다 배터리를 갈아 끼우며 버텼는데, 아예 켜지지 않는 상태에 이르렀다. 핸드폰 살 때 잘 모르면 비싸게 산다는 이야기 들은 건 있어서, 호갱은 되지 말아야지 야무지게 마음을 먹고 검색을 시작했다. 하지만 관련 글들이 너무 많아 머릿속이 뒤엉킨 실타래처럼 되어버렸다. 할 수 없이 가격만 검색해 보고는 매장을 찾았다.

일단 집에서 가장 가까운 가게에 들어갔다. 직원의 인상이 푸근해 마음이 놓였는데, 내 핸드폰을 열어보더니 뭐라고 혼 잣말처럼 한다. 명확히 알아듣진 못했으나 기계가 좋지 않다 는 내용이었다. 그 말을 듣는 순간 기분이 나빠졌다. 어떤 기종 을 원하느냐고 해서 다양한 기능을 쓰는 편은 아니라고 하니, 30만 원대의 기종을 추천해 준다. 또 슬그머니 마음이 상한다. 많은 기능이 필요하지 않다는 내 말에 적합한 기종을 권한 건 데, 한물간 세대로 보나 싶은 서운함이 고개를 드는 것이었다.

두 번째 찾아간 가게는 S 통신사 대리점이었는데, 사무적이 라고 할까, 덤덤한 표정의 직원이 사실 위주로 이야기한다. 켜 지지 않는다면 재생 불가이므로 전화번호며 사진들은 백업할 수 없다고. "어머, 어쩌나. 복구 못 하면 안 되는데…" 놀라는 나 를 보면서도 여전히 흔들리지 않는 표정으로 어쩔 수 없다고 한다. "그러면 완전히 고장난 건지 먼저 알아봐야겠네요." 하니 그렇다고, AS센터에 가서 확인해 보라고 한다. 더 할 말이 없어 나올 수밖에 없었다.

이젠 마음이 급해져 다른 매장을 바로 찾아갔다. 이곳은 대 리점이 아니라 모든 통신사를 다 취급하는 매장이었다. 핸드폰이 꺼졌다는 내 말에 사장님은 불편했겠다며 감정적 접근을 한다. 좀 전 놀랐던 마음이 살짝 진정되는 느낌이었다. 이어서 덧붙이기를, 고객들이 기계를 잘 모르니까 다시 켜질 거라고 생각해서 내버려 두는 경우가 많다는 것이다. 그 말을 들으니 나만 그런 게 아닌가보다는 안도감이 들었다.

그리고는 바로 아이패드 안에 정리해 놓은 각 기기의 가격과 통신사에 따른 가격 등을 보여준다. 말로 하면 못 알아듣겠는데, 도표로 보여주니 이해하기가 쉬웠다. 게다가 통신사를 바꾸면 지원금이 나오고 제휴카드를 신청해 매달 일정액 이상 사용하면 또 할인되는 내역을 도표로 보여줬다.

전에 갔던 대리점에서는 왜 이렇게 설명하지 않았을까, 팔고 싶은 의지가 약한 건가 궁금한 한편으로, 이 가게에서 사야겠다는 심정으로 기운다. 저렴한 기기를 사겠다던 애초 결심은 사라지고 덜컥 아이폰을 사는 것으로 마무리가 되었다. 심지어 통신사를 바꾸는 참에 인터넷과 TV까지 통합상품으로 신청해 버리는 과단성을 발휘했다.

이 더운 여름에 평소 가장 귀찮아하는 설치 기사 방문을 앞두고 TV 뒤의 먼지를 닦고 있자니 이건 왜 바꾼다고 했나 바보

짓 했다는 생각이 뒤늦게 들었다. 긴 시간 새 통신사 개통을 마치고 기존 통신사에 해지 신청을 하니, 10년 넘은 장기고객인데 왜 바꾸시냐, 너무 아깝다며, 말이 길다. 10년 넘게 사용한 줄도 몰랐으니 호갱이 분명한 것 같아 씁쓸했지만, 이미 강을 건넜으니 어쩌랴.

아이폰을 단돈 5만 원도 안 되는 액수로 샀다고 들떴던 마음은 점점 가라앉고 이런저런 조건을 따져보면 싼 게 아니라는 자각이 뒤늦게 들면서, 핸드폰이 조금 이상할 때 빨리 AS센터에 갔더라면 고칠 수 있지 않았을까, 냉장고도 빨리 손 썼다면 괜찮지 않았을까, 애들한테는 문제가 커지기 전에 미리미리 체크하라고 잔소리하면서 정작 나는 왜 이 모양일까 온갖 생각이 떠올랐다.

복잡한 마음을 누르며 읽고 있던 소설집을 펼쳤다가 '해야 하는데, 무작정 피하고 싶은 마음'이란 문구에 눈이 갔다. 윤리적인 척하지만 사실 그렇지 않은 자신의 실상을 대면하지 않으려는 심리에 대한 이야기였는데, 내 마음은 어떤 상태일까 나도 한번 들여다 보았다.

거기엔 현실을 직시하는 것을 두려워하는 얼굴이 있었다. 미룰수록 곤란해질 것을 알면서도 피하려고 하는. 익숙하지 않은 세계, 새로운 분야에 발을 들여 놓는 일은 누구에게나 쉽지 않을 터인데, 특히 내가 더한 것이리라. 낯선 상황에서 비롯되는 이물감과 불편함을 회피하려고 귀찮음으로 가장하고, 피해가 커지면 적당히 합리화하고 이런저런 변명을 준비하곤 했던 것이다.

다른 이보다 못하다는 사실을 용납하기 싫고 들키기 싫어하다가 문제를 키우고 엉뚱한 이유로 적당히 넘어가려고 했으니, 안 그래도 뜨거운 여름날 부끄러움으로 더 땀이 난다.

고독한 예술가의 초상

근원 김용준의 삶과 『근원수필』

근원 김용준은 1904년 경북 선산에서 태어나 중앙고등보통학교와 동경미술학교 서양화과를 졸업하고 화가와 문필가로 활동했다.

어릴 때부터 그림에 소질이 있어 중앙고등보통학교 학생의 신분으로 제3회 조선미술전람회에서 입선(〈동십자각〉 1924)하여 화제가 되었다. 〈동십자각〉의 원제가 〈건설이냐 파괴냐〉였는데 자극적이어서 제목을 바꾸게 했고, 동경 미술학교 졸업작품으로 달리는 기차가 전복되는 그림을 제출해 자본주의 사회의 부패상과 멸망상을 보여주었다 하여 압수당해 〈여인 상〉으로 대체해 제출했다는 일화는 과감하면서도 현실비판적인 기개를 보여준다.

1926년 동경미술학교 서양화과에 입학하여 표현파를 추구하는 유학생들의 모임인 백치사(百痴社)를 조직했는데, 여기서 이태준을 만난다.

1927년 「화단개조」 「프롤레타리아 미술 비판」 등을 발표해 논객으로 깊은 인상을 주는 한편으로, 1928-1938년까지 여러 전시회에 지속적으로 출품한다. 1931년 동경미술학교를 졸업하고 귀국 후 중앙고보와 보성고보 미술교사로 재직한다.

1930년 관념적 신비주의 사상과 미학을 취하여 이른바 조선향토색론을 펼치는데, 1936년 이태준과 더불어 골동 취미에 빠지며 민족 정서를 조선향토색의 핵심으로 내세우기 시작한다. 이 무렵부터 수필을 발표했다. 아울러 1939년부터 미술사 관련 논문을 발표하며 미술사가로서의 위상을 확립한다.

해방 후 서울대 미술학부 교수로 취임했으나 국대안 반대운동의 여파로 사퇴하고 동국대 교수로 취임했다.(1948) 1950년 9월에 월북하여 1967년 작고하기까지 평양미술대학 교수 등을 지냈고 논문 발표, 개인전 개최 등 여러 업적을 남겼다.

『근원수필』은 1948년 을유문화사에서 출판되었다. (『근원수필』은 이후 범우사(1987)와 청색종이에서 출판(2022)되었다. 열화당의 『새 근원수필』은(2009) 1948년 『근원수필』에 실리지 못했거나 그 후 발표된 글 23편을 더해 모두 53편을 수록한 김용준 수필의 완결판이라 하겠다.)

앞표지에는 난 화분이 그려져 있고, 첫 페이지에 '검려사십오세상(黔驢四十五歲像)'이란 제목의 자화상이, 그다음 페이지에 "선부고독(善夫孤獨)"이란 자화상이 그려져 있다. 1부에 21편, 2부에 그림과 화가에 관한 글 9편으로 이루어져 있다. 그림에서 느껴지는 품격과 단아함이 글에서도 고스란히 풍긴다. 화가이면서 뛰어난 문필가로서 근원의 글은 예와 문사철이 두루 녹아 있는 경지를 보여준다.

그의 수필에 대한 견해는 〈발(跋)〉에 잘 나타나고 있다. "내가 수필을 쓴다는 것은 어릿광대가 춤을 추는 격이다." "마음속에 부글부글 괴고만 있는 울분을 어디에다 호소할 길이 없어, 가다 오다 등잔 밑에서 혹은 친구들과 떠들고 이야기하던 끝에 공연히 붓대에 맡겨 한두 장씩 끄적거리다 보니 그것이 소위 내 수필이란 것이 된 셈이다." 자유가 부여되지 않아서 "언제나 철책에 갇힌 동물처럼 답답하고 역증이 나서 내 자유의 고향이 그리워 고함을 쳐보고 발버둥질을 하다 보니 그것이 이따위 글이 되고 말았다."

곧 그의 수필은 그림으로 표현하기 어려운 심경을 글로 표출한 결과라고 할 수 있다. 스스로는 어릿광대의 춤, '이따위 글'이라며 겸허하게 표현했으나, 그의 글은 당시 현실과 삶, 예술관과 시대의식을 진솔하게 묘사하여 수필의 귀감이 되고 있다.

근원의 예술관 및 수필관

근원의 미술론은 시대적 자각 없이 형성된 예술지상주의에 대한 비판으로 시작하여, 이후 민족문화론으로 이어진다. 프로 미술론을 비판하면서, 미술 고유의 표현언어인 색과 선의 조화에 미적 가치를 부여했고, 소재보다는 작품 자체의 순수성과 직감력 있는 감상을 중요하게 여겼다.

수필에서는 그림과 시를 포괄하여 예술의 본질과 가치에 대한 견해를 드러내고 있다. 「시(詩)와 화(畵)」는 「채근담」「수원시화」 등을 인용하여 예술에서 중요한 것은 정신임을 강조한 글이다. "음시(吟詩)깨나 한다고 시인이 아니"며, "동도서말(東塗西抹)하여 그림이 되는 것이 아니다." "가슴속이 탁 터지고 온아한 품격을 가진 이면 일자무식이라도 참 시인일 것이요." "시를 배우기 전에 시보다 앞서는 정신이 필요하다."

「예술에 대한 소감」에서도 "모든 위대한 예술은 결국 완성된 인격의 반영" "미는 곧 선"이며, '기술의 연마'에서만 오는 것이 아니라 '인격의 행위화'로 성립된다고 본다. 〈미술〉에서도 같은 내용이 나온다. "미(美)는 우리 인간의 제일 순결한 감정의 표현이라"고 하면서, 순결한 감정은 '최고한 인격의 현현'이며 "가장 깨끗한 정신적 소산이고서야 비로소 미술품이 될 수 있"다고 설파한다.

「거속(去俗)」에서 예술에서 중요한 것은 정신과 품격이며 속된 것이 없어야 한다고 설명하며, 이를 없애기 위해 독서를 많이 해야 함을 강조한다.

복잡한 곳을 곧잘 묘사하였다고 격 높은 그림이 될 수 없는 것이요, 실물과 꼭같이 그려졌다거나 혹은 수법이 훌륭하다거나 색채가 비상히 조화된다거나 구상이 웅대하다거나 필력이 장하다거나 해서 화격이 높이 평가되는 것도 아니다. 이러한 것들은 서화에 있어서 가장 표면적인 조건에 불과한 것이요, 이 밖에 아무리 단순하고 아무리 치졸하고 아무리 조잡하게 그린 그림일지라도 표면적인 모든 조건을 물리치고 어디인지 모르게 태양과 같이 강렬한 빛을 발산하는 작품들이 가끔 있으니, 이것이 소위 화격이란 것이다. 이 화격이란 것은 가장 정신적인 요소이기 때문에 문외인에게는 쉽사리 보여지는 것도 아니다.

이를 글에 대입해 볼 때, 세밀하고 훌륭한 묘사, 원숙한 기교, 웅대한 구상과 매끄러운 전개와 같은 것은 표면적 조건일 뿐이므로 이를 뛰어넘는 품격이 가장 중요하다고 할 수 있다. 곧 예술의 아름다움은 순결하면서도 고고한 정신의 현현으로 이뤄지는 것이다.

「매화」는 유려하고 아름다운 문장으로 매화를 묘사하여 근원 수필의 백미로 꼽을 수 있다.

> 댁에 매화가 구름같이 피었더군요. 가난한 살림도 때로는 운치가 있는 것입니다. 그 수묵빛깔로 퇴색해 버린 장지 도배에 스며드는 묵흔처럼 어렴풋이 한두 개씩 살이 나타나는 완자창 위로 어쩌면 그렇게도 소담스런, 희멀건 꽃송이들이 소복한 부인네처럼 그렇게도 고요하게 필 수가 있습니까.

이러한 서두에 이어 매화를 바라보고 있는 장면이 눈앞에 펼쳐지듯 생생하게 묘사된다. "매화가 구름같이 자못 성관으로 피어 있는 그 앞에 토끼처럼 경이의 눈으로 쪼그리고 앉은 나에게 두보의 시구나 혹은 화정의 고사가 매화의 품위를 능히 좌우할 여유가 있겠습니까." 곧 매화의 아름다움은 매화란 실체에 있을 뿐이므로, ("제 자라고 싶은 대로 우뚝 뻗어서 제 피고 싶은 대로 피어오르는 꽃들이 가다가 훌쩍 향기를 보내기도 하고, 또 어느 때는 방 한구석에 있는 체도 않고 은사(隱士)처럼 겸허하게 앉아 있는 품이 그럴듯합니다.") 따라서 매

219

화를 사랑하는 것에는 "아무런 조건이 필요하지 않"다. 그 독
보적인 아름다움은 '내 기억에서 종시 사라지지 않는 꽃'으로
남아, "유령처럼 내 신변을 휩싸고 떠날 줄을 모르는구려."하는
고백을 낳는다.

이처럼 존재 자체로 황홀함을 느끼게 하는 매화는 '위대한
예술'과 같다. ("매화를 대할 때의 이 경건해지는 마음이 위대
한 예술을 감상할 때의 심경과 무엇이 다르겠습니까.") 이와같
이 매화 앞에서 경이와 황홀함을 느끼는 모습은 심미적 예술
관의 표명이다. 이런저런 지식과 꾸밈은 "신선하게" 보는 것을
오히려 방해할 뿐이라는 입장으로서, 예술 자체의 아름다움을
향유하는 태도를 잘 보여준다.

『근원수필』의 정신과 미학

1) 이상주의적 예술가의 비애

근원의 글에서 짐작할 수 있는 성향은 이상을 추구하면서 스스로에게 엄격한 점이다. 이에 따라 자신의 작품이 예술의 경지에 도달하기에 부족하다는 자각이 여러 글에서 나타난다.

> 아직까지 나 자신 환쟁인지 예술가인지까지도 구별하지 못한다는 것은 딱하고도 슬픈 내 개인사정이거니와, 되든 안되든 그래도 예술가답게나 살아보다가 죽자고 내 딴엔 굳은 결심을 한 지도 이미 오래다. 되도록 물욕과 영달에서 떠나자, 한묵으로 유일한 벗을 삼아 일생을 담박하게 살다 가자 하는 것이 내 소원이라면 소원이라 할까. -〈게〉

젊은 날, 그는 "누구보다도 큰 뜻을 품었었고 누구보다도 로맨틱한 공상에 파묻힌 사람이었다. 미래파, 입체파, 표현파 등 형형색색의 그림들을 그려보기도 하고 그곳에서 기필코 새로운 표현양식을 발견해 보려고 노력도 했다." 그러나 그의 "괜한 우울은 내 예술의 발전을 방해"해 원하는 결실을 맺지 못했다.

'예술의 발전'을 이루지 못했다는 자괴감은 비하에 가까운 자기 희화화로 표현되곤 한다. (자신을 가리킬 때 '이따위' '뒤죽박죽' '어릿광대' '오죽잖은' 등의 표현을 쓰고 있으며, 여러 글에서 답답하고 자신 없고 게으른 점을 드러내고 있다.)

「검려지기」에서 "평생 남의 흉내나 겨우 내다가 죽어버릴 인간이라 근원(近猿)이라고도 했"다가 '園'으로 고친 일화와 '검려'라는 호에 대한 일화가 나타난다. '검주의 나귀' 이야기에서 '나를 풍자하는 일면'을 느낀다고 하면서, "나도 이 나귀처럼 못생긴 인간인가! 나도 이 나귀처럼 못생긴 재주밖에 못 부리는가." 자책하며 끝맺고 있는데, 희화적 묘사 이면에 깃든 슬픔을 느낄 수 있다.

「게」에서는 게를 즐겨 그린다는 이야기에 곁들여 화제(畫題)로 쓴 윤우당의 시구를 인용한다. "창자 없는 게가 참으로 부럽도다/ 한평생 창자 끊는 시름을 모른다네"라는 시구에서 게와 자신의 동질성을 끌어내어 한탄하는데, 이는 우리 민족에 대한 비탄으로 확대된다. "단장의 비애를 모르는 놈, 약고 영리하게 처세할 줄 모르는 눈치 없는 미물! 아니 나 자신만이 아니라 우리 민족 중에는 또한 이러한 인사가 너무나 많지 않은가."

이상을 실현하지 못한 원인이 "내 소갈머리가 좁고 답답한 탓인지, 공교롭게 타고난다고 난 것이 요런 시기에 걸려든 것인지" 모른 채, '멍청이처럼 멍하고 그날그날을 지내는 판'이라는 서술은 식민지 시대 부자유함이 미치는 괴로움을 암시한다. '나'가 '우리'라는 주체로 확대되는 까닭이다. 그러나 이 울분을 끄적거린 결과가 수필로 탄생했으므로, 그의 울분은 예술 창작의 자양분인 셈이기도 하다.

2) 고독이 빚어낸 예술과 성찰의 미학

"고독은 뛰어난 정신을 가진 사람의 운명"이라는 쇼펜하우어의 말처럼 근원의 미적 감수성의 기저에는 고독과 우울이 깔려 있다. 이십 전후 나이에 "아무것도 아닌 일에 걸핏하면 외로움을 느끼게 된다."고 고백한 것에서 패기와 유희정신을 지닌 청년의 이면에 도사린 외로움을 감지할 수 있다. "그럴 때면 나는 흔히 책을 읽고 그림을 그렸다." "한동안 고독한 가운데서 서책을 탐독하고 화필을 희롱한 후이면 어쩐지 그 외롭던 심사가 사라지고 배부른 듯 도도한 여유를 느끼게 되면서 내 편에서 도리어 남이 청치 않는 쾌활을 뽐내보기도 하는 것이었다."(「고독」)

그런데 이 외로움이 "낫살이 들면" 사라져 버리는 줄 알았는데 "작금 양년으로 들어서 어인 셈인지" "다시금 바짝 외로워짐을 느낀다."고 토로한다. "인격적 수양이나 예술적 토대가 부족한 데서 느껴지는 것일까." 의문문으로 끝나는 이 문장에서 표현하지 못한 식민지 시대 지식인의 비애를 짐작해 볼 수 있다. 1939년 8월에 발표된 글임을 미루어 볼 때, 시대에 대한 울분을 표출하기 어려운 데서 오는 외로움이 깊었던 것 아닐지…

'괜한 우울'이 예술의 발전을 방해했다고 자책하고 있지만, 이는 한편으로 근원의 예술을 낳은 원동력이 된다. 외로움을 느끼면 책을 읽고 그림을 그렸고 울분으로 수필을 썼기 때문

224

이다. "이 우울이 나로 하여금 그림을 그리게 하고 글을 읽게 하며 부단히 내 불량심을 바로잡아 주는 것이 아닌가 한다." (「선부자화상」)

아울러 이러한 성향은 삶과 사물, 시대와 자신을 돌아보는 성찰을 가능하게 한다. 이 성찰의 힘은 뛰어난 관찰력을 더해 삶과 사물의 본질을 꿰뚫어 보는 글로 탄생한다. 못난 사물에서 동질감을 느끼고 주목받지 못하는 존재에 관심을 갖는 근원의 마음을 헤아려 보면, 해학적 장면이라 할지라도 둔중한 울림을 경험하게 된다.

행랑살이 문 앞이나 쓰레기통 옆에 함부로 심어져 있으나 "씩씩하게" 피어나고, "깡통 속에서 자배기쪽 속에서" "아무런 불평 없이" 개성을 발휘하는 구와꽃을 존경하며, 못생긴 두꺼비 연적을 아끼는 마음에서 고독에서 빚어진 사유를 읽을 수 있다.

특히 못생긴 두꺼비 연적을 사랑하는 이유가 '고독한 사람' 이기 때문이라는 서술, "가끔 자다 말고 버쩍 불을 켜고 나의 사랑하는 멍텅구리 같은 두꺼비가 그 큰 눈을 희멀건히 뜨고

서 우두커니 앉아 있는가를 살핀 뒤에야 다시 눈을 붙이는 것이 일쑤다.”란 마지막 문장은 그의 고독감이 너무도 생생하게 그려져 오래도록 잔영이 남는다.

3) 시대적 자각과 풍자적 시각
- 세태 변화와 새 문물 관찰

화가의 관찰력으로 당시 변화하는 세태를 세밀하게 관찰한 글은 사생한 것을 글로 표현한 셈이다. 보이는 풍경을 객관적으로 그린 스케치에 그치지 않고 비판적 시선이 녹아 있는 관찰기를 보여준다.

「신형주택」은 불이 난 후 지은 주택 모습을 묘사한다. “벽은 으스러지고 창문은 깨어지고 전날 화단인 듯 싶은 자리에는 쓰레기의 산이 솟고 하여, 가며 오며 그다지 유쾌한 기분은 아니려니 근자에는 이런 건축들을 의지삼아 신형 주택이 나타난다. 발코니에 널빤지 쪽으로 제법 그럴듯하게 고층 건축이 예쁘장하게 만들어지고 그 옆에 장독대가 놓이고 빨랫줄이 건너간다. 퇴옥파창(頹屋破窓)일망정 재민(災民)들은 이런 데서 알

226

토란같이 산다.”

제목에서 느꼈던 긍정적 뉘앙스가 '퇴옥파창', '재민'의 주거지란 서술을 통해 전복되는, 풍자적 시선을 잘 보여준다.

「이동음식점」은 그림도 곁들여 소개한다. '골동품 같은 집'이 있는데, “추녀 끝에는 방울 같은 새를 앉히고 납작한 완자창도 달았다.” 떡국과 냉면, 개장국을 파는 곳으로 “재미난 것은 주추 대신에 도롱태를 네 귀에 단 것”이라며 신기해하는데, 이 역시 재민의 살아가는 방식이므로 마찬가지로 풍자적 시선을 감지할 수 있다.

유행하는 여성의 머리모양에 대한 글에서는 '머리가 주는 아름다움'을 묘사한다. '가뜬하게 빗은 머리와 예쁘장하게 찐 낭자'를 가리켜 “연꽃 봉오리가 피어오르는 것 같”다고 묘사하며. '파마넨트라는 놈'도 마음에 드는데, '쥐똥머리'는 “눈에 설고 얄미워” 보인다고 취향을 명확히 보여준다.

이러한 외적 변화뿐 아니라 신사조를 무비판적으로 수용하는 세태를 지적하기도 한다. 바이올린 연주자 김니콜라이의 공연을 예화로 들면서, “신식이란 무조건하고 좋다는 것, 조상이니 예의니 윤리니 하는 따위는 헌신짝같이 내던져야 한다는 것, 이러한 새 세대의 진리를 확실히 파악하게 되었다."고 비꼬면서, 그 결과 '일어상용'과 '일선동조론'을 제창하는 현실이 되었음을 비판하고 있다.

- 식민지 시대의 울분과 해방 후 혼란상

일제 강점기 시기는 식민 지배 아래 근대화를 통과해야 했던 시기이므로 수많은 난관을 겪어야 했다. 근원은 이 상황을 간단명료하게 한 줄로 요약한다.

"사십 남짓한 나이에 수 세기 이상의 세월을 겪었다" (「김니 콜라이」)

새로운 문물과 신풍조의 등장에 대한 상반된 반응은 "신기스럽기도 하고 비통스럽기도 한" '기구한 운명'이란 표현에 잘 담겨 있다. 이 시기의 부자유와 울분은 「발」을 비롯해 여러 글에서 나타난다.

「팔 년 된 조끼」에서 "구태여 새 옷을 입고 싶은 흥미를 잃어버린" 모습은 "아침이면 눈을 떴나 보다, 배가 부르면 밥을 먹었나 보다, 그러다가 죽고 마나 보다."에 처절하게 드러난다. "외국 사람 같으면 한창 일하려고 발버둥을 칠 시기인데 우리는 어째 요모양으로 옥말려 드는 한 덩어리 물질에 불과하단 말인가!"란 마지막 문장은 식민지 시대 의욕을 잃고 시들어가는 예술가의 참담한 모습을 보여주고 있다.

그런데 이 울분은 해방 후에 더 강해진다. 해방의 기쁨은 잠시, 수많은 문제로 '멸망에 직면한 위기'에 처한 현실을 비판적으로 서술하는데, 울분의 강도가 강해져서 비아냥과 반어조 표현이 등장하기에 이른다.

> 우리들이 사갈보다 더 싫어하던 부일분자, 민족반역자, 또는 이에 유사한 것들이 팔일오 전이나 꼭 마찬가지로 골고루 자리를 차지해 있고, 시골로 서울로 하라는 일은 아니하고 늘어가는 이 노름꾼, 강도, 협잡이요… 이렇게 좋은 세상에 무슨 이유로 밥만 먹으면 체증이 생기고 아니꼽기만 하고 정신은 얼이 빠진 놈처럼 흐리멍텅하고 당장 조석 끼니가 없는데도 아무 일도 손에 잡히지 않는 것일까. - 「털보」

4) 고졸한 문장과 묘사

근원의 문장은 고졸한 아름다움을 풍기고 있으며, 특히 세밀한 관찰력에 의한 장면 묘사가 구체적이고 뛰어나다.

"흡사히 시골 색시가 능라주속을 멋없이 감은 것처럼 어색해만 보인다." -「두꺼비 연적을 산 이야기」

"양미간이 좁고 찌부러져서 보는 이는 속이 **빽빽하다** 하겠으나 기실은 내 속이 **빽빽한** 것이 아니요 미간의 좁은 내 심저에 깊이 숨은 우울이 나타난 것이다." -「선부 자화상」

"흐린 공기와 때묻은 나뭇잎들만이 어른거리는 서울의 거리를 거닐다 보면, 가다오다 좁다란 골목 속 행랑살이 문 앞에 혹은 쓰레기통 옆에 함부로 심어 컸을망정 난만하게 피어 하늘거리는 꽃이 있다." -「구와꽃」

"X선생도 몇날 며칠이나 군불 맛을 못 봤는지 사뭇 냉돌에 이불 한 채 없이 병정 녀석들이 쓰던 담요쪽 하나를 깔고 올올 떨고 앉았으면서 그래도 입만은 살아서 칸트가 어쩌니 헤겔이 어쩌니 하고 떠들고 있었다." "선생의 테이블 밑에 그가 끔찍이 사랑하는 매화에다 두루뭉수리처럼 웬 이불 한 채를 둘둘

감아 붙인 것을 발견하고 나는 분반할 지경으로 터져 나오는 웃음을 억지로 참으면서 …(중략)" -「답답할손 X선생」

"그렇게 한적한 정거장에는 플랫폼마다 피어 늘어진 달리아들. 빨갛다 못해 까맣게 반사된다." "에메랄드의 소나무들 사이로 붉은 지붕이 보인다." "처창한 밤 바닷가에 이름 모를 조개껍질들이 운명의 씨처럼 여기저기 놓여 있다." -「동해로 가던 날」

"유독 내가 감나무를 사랑하게 되는 것은 그놈의 모습이 아무런 조화가 없는데도 불구하고 고풍스러워 보이는 때문이다. 나무껍질이 부드럽고 원초적인 것도 한 특징이요, 잎이 원활하고 점잖은 것도 한 특징이며, 꽃이 초롱같이 예쁜 것이며, 가지마다 좋은 열매를 맺는 것과, 단풍이 구수하게 드는 것과, 낙엽이 애상적으로 지는 것과…(중략)…" -「노시산방기」

또한 장면 위주의 묘사로 이루어진 글은 '보여주기'에 가까우므로 독자의 상상력을 자극한다.

「추사글씨」의 경우, 진 군과 양 군의 일화를 보여주기만 할 뿐, 그들이 지닌 추사 글씨가 진품인지 여부는 알려주지 않은 채 글을 맺는다.

「은행이라는 곳」은 은행의 정경과 은행에서 경험한 일을 그린 글이다. 그 중심에 오래전 꽤 친한 사이였던 피 군이 놓인다. 가난하던 그가 돈을 번 뒤에 변했다는 사연을 장면을 통해 보여주고, 은행에서 다시 마주쳤을 때 초라해진 행색 역시 묘사로 끝내고 있으므로 정확한 사연은 설명되지 않은 채 끝난다.

『근원수필』의 의의

이상에서 『근원수필』에 대해 살펴본 결과, 근원 김용준의 수필은 마음속 울분을 토로한 것으로, 근원이 추구하고자 한 정신세계를 진솔하게 드러낸 글임을 알 수 있었다. 아울러 예술의 본질과 가치를 정신에서 찾았으며, 이상과 현실과의 괴리에서 고뇌했던 흔적, 고독에서 비롯된 성찰을 고스란히 느낄 수 있었다. 표현의 측면에서는 뛰어난 관찰력에 의한 묘사와 고졸한 문장, 미적 감수성, 생생한 장면 묘사에서 오는 구체성을 확인할 수 있었다.

이러한 측면에서 『근원수필』이 오늘날 우리에게 던지는 의미는 매우 중요하다고 하겠다. 개인의 문제만이 아니라 급격한 세태 변화와 혼란스럽고 부자유했던 시대의 문제에 이르기까지 외면하지 않았던 고독한 예술가의 초상을 보여주기 때문이다.

花

꽃

사랑의 기쁨

인간의 본성은 선하다고 생각하는 쪽이었다.

아니, 그렇다고 믿고 싶어 하는 쪽이었다. 그런 줄 알고 한 생을 살다 갔으면 좋겠다고 생각했다. 그런데 아니라고, 인간은 나약하고 이기심으로 뭉친 존재라고, 그렇게 믿다간 큰코 다친다고 말하는 일들이 점점 많아진다.

일반적으로 훌륭하다고 존경받는 대학교수들에게서 인격적 결함을 발견하고, 사람을 움직이는 것은 도덕심이나 양심이 아니라 이기심이라는 사실을 뼈아프게 새겨야 하는 일들을 겪게 된다.

타인은 함께 어울리고 서로 돕는 존재가 아니라 경쟁과 질시의 대상이거나 관심을 줄 필요가 없는 존재가 되어가고 있다. 이웃에서 누가 고통을 겪고 있는지, 심지어 죽어가는지, 챙기는 여유가 사라졌음을 보여주는 보도들이 이어지고 있다.

한 노인이 숨진 지 5년이 지나서 백골 상태의 주검으로 발견되었다는 기사를 읽고는 둔탁한 뭔가가 퍽 하고 가슴을 치는 듯한 느낌에 잠시 먹먹했다. 하지만 그때뿐, 며칠 지나고 나면 바쁜 일상에 묻혀 뇌리에서 휘발된다. 언론에서 다루지 않으면 아무도 모르는 죽음, 우리는 어느새 이런 죽음에 익숙해졌다. 이번 기사에 헉하고 충격을 받은 것은 5년이라는 시간 때문이었다. 5년이 지나도록 아무도 알지 못한 채 방치된 주검. 끔찍했지만 이런 일이 잦아지면 다시 둔감해지리라.

2004년부터 2011년까지 우리나라 자살률이 OECD 국가 중 연속 1위를 하고 있다는 보도, 저소득층과 노인층의 자살이 급증한다는 이야기, 바로 옆방 사람이 숨진 것을 모른 채 살았다는 기사들은 이제 더 이상 충격을 주지 않는다. 안됐다, 불쌍하다고 몇 번 혀를 차고는 그만이다. 뭔가 달라져야 하고 개선해야 한다는 생각은 잠시뿐, 자신의 바쁜 일과로 돌아가야 하는 것이 요즘 삶의 모습이다.

이렇게 전 국민이 도덕적 불감증에 걸려 살아간다면 우리 사회는 앞으로 어떻게 되는 걸까, 아찔한 느낌이 드는 와중에 잿빛 우울한 마음을 풀어주는 젊은이들을 알게 되었다.

'명랑 마주꾼'

생소한 단어이지만 '명랑'이라는 말에서 밝은 기운이 전해진다. 딸아이가 인터넷에서 알게 되었다면서 사이트를 보여준다.

'마을에서 문화기획으로 먹고 살 길을 고민하는 청년, 하는 사람이 즐거워야 문화기획이라고 믿는 명랑한 청년, 함께할 동료가 필요한 청년, 누군가가 나로 인해 즐거운 모습을 상상만 해도 즐거운 청년'이라는 목표를 세우고 척박한 아파트에 씨앗을 뿌리고 싹을 틔우는, 주민과 함께 활동도 하고 이야기도 나누는 명랑한 커뮤니티를 지향하고 있다는 내용이었다.

'마을'이란 단어도 정겹고 '명랑한 커뮤니티'라는 콘셉트가 마음에 다가왔다. 일종의 마을공동체 활동이라 할 수 있는데 서울시의 지원을 받아 진행하는 프로젝트라 한다. 자살하는 사람이 많아 경찰차와 구급차 사이렌 소리가 그치지 않는다는 한 임대아파트 한 편에서 주민들과 함께 텃밭도 가꾸고 음식도 만들고 뜨개질도 같이 하고 이야기를 나누는 등, 소박한 활동이지만 주민들과의 공감을 일궈내고자 하는 것이다. 관심 없이 지나치는 주민들도 많지만 이들이 서툴게 일하는 모습을 보곤 도와주기도 하고 조언을 해주는 주민도 있다고 한다. 그러면서 대화가 이루어지고 친분이 쌓이는 것이리라.

붙임성이 좋은 편도 아니고 체력도 약한 딸아이는 주민들의 척박한 삶이 낯설고 무뚝뚝한 주민들의 태도도 힘겹다고 하더니, 이젠 많이 익숙해진 모양이다. 그들의 무뚝뚝한 태도는 그동안 많은 단체들이 다녀갔기 때문에 '어디 너희 한번 해봐'하는 마음에서 나오는 것임을 이해하게 되고, 풍요로움을 구가하는 사람들 한 편에 어렵게 사는 이웃이 있다는 것을 알고, 멋진 옷과 가방을 갖는 것이 중요한 사람도 있지만 남과 함께 하는 것을 좋아하는 사람도 있다는 것을 깨닫게 된 것이다.

혹여 그들을 불쌍하게 바라보는 시혜의식이 끼어드는 것을 경계해야 할 것 같아 이야기를 들어보니 이 젊은이들은 그냥 하고 싶고 즐거워서 하는 것 같아 마음이 놓인다.

대안학교에서 의미 있는 삶을 살아야 한다고 배웠다는 여자애, 신학대학을 다녔다지만 모델 같은 스타일의 청년, 직장을 다니다가 사회활동에 관심 있어 지원했다는 여자, 사람을 좋아해서 처음 보는 주민과 금방 친해진다는 청년 등, 20대 젊은이들이 서툰 솜씨로 사과를 깎고 저며 사과차를 만들고 텃밭에 씨를 뿌리고 배추를 솎아주는 모습이 사랑스럽다.

당장 큰 변화가 일어나는 것은 아니겠지만 가난과 박탈감으로 힘들어하는 사람들에게 힘을 주는 활동을 기획하고 실행에 옮기는 이들이 믿음직스럽다. 도덕심으로 무겁게 무장하지 않아서 더 좋다. 주민들이 "죽어야지, 죽고 싶다"라고 하는 말이 ""내 말을 들어줘, 내가 여기 있는 것을 알아줘."라는 뜻임을 알아듣는 이들의 귀와 마음이 진정 고맙다.

이들의 활동이 아파트 주민의 자살을 줄이고 곧바로 그들 삶의 수준을 높이는 것은 아닐 것이다. 한 차례 슬쩍 스쳐 가는 바람일 수도 있겠다. 그래도 젊은이들이 자신의 시간을 쪼개 다른 사람에게 관심을 갖고 그들의 이야기에 귀를 기울이려 하는 시도엔 박수를 쳐 주고 싶다.

이들의 작은 기획이 씨앗이 되어 아름다운 열매를 맺을 수 있기를, 사람들 마음 깊은 곳에 숨어버린 선의를 캐어 올리는 시발점이 될 수 있기를, 그리하여 이 삭막한 도시에도 훈훈한 바람이 분다는 것을 느끼고 그 바람이 사람들의 딱딱해진 마음을 부드럽게 어루만져 줄 수 있기를 기도한다.

푸른 고백

　지난 토요일 서울시와 대산문화재단이 주최하고 서울문화 재단에서 후원하는 한강 문학 축전에 다녀왔다. 선유도한강공 원에서 가을의 정취를 더할 수 있는 여러 문학 행사가 진행되 었는데, 그중 문예창작과 대학생들의 문학낭송 공연 대회에서 심사를 맡게 되어서이다.

　문학 낭송 공연은 문학작품을 낭송하는 대회인데, 지난해엔 첫 행사라 정확한 지침이 없었다. 5분 안으로 낭송해야 하며 배경음악을 사용할 수 있다는 것 두 가지만 알려주었을 뿐이 다. 우리대학 학생들은 고지식하게 시 한 편만 낭송했는데, 다른 대학팀들은 화려한 의상에, 소도구를 준비하기도 하고 노래며 연극이며 다양한 방법을 총동원했다.

기가 죽은 학생들에게 괜찮다고 준비해 온 대로만 하라고 했지만 나도 내심 기분이 좋진 않았다. 5분을 넘긴 팀들도 많았건만, 시간과 상관없이 볼거리가 많은 팀에게 상이 돌아간 것이다. 심사를 맡은 선생님들을 위한 저녁자리에서도 흥이 덜 났다.

올해엔 1학년 학생들 4명이 참가해 보겠다고 해서 작년의 분위기를 말해주면서 이번에는 연극적 요소나 노래를 좀 활용해보라고 권했다. 뒤늦게 2학년 여학생이 함께 하고 싶다고 해 모두 5명이 출전하기로 했다.

내용은 라디오 음악프로그램을 활용했다. 취업 때문에 앞날을 걱정하는 청취자의 사연을 읽어주고 이를 위로하기 위해 김수영의 '풀'을 음악에 맞춰 들려주는 것이다. 노래방까지 가서 연습하는 등 열심히 했다고 해서 이번엔 상 좀 타려나 기대가 되었다.

행사 당일도 날씨가 좋아 선유도의 풍경과 가을의 정취가 조화를 이룬 듯 아름다웠다.

낭송대회까지 시간이 좀 남아 다른 심사 선생님들과 담소를 나누고 있는데, 팀의 대표인 대영이가 의논드릴 일이 있다면서 다가왔다. 뒤늦게 합류한 2학년 수경이가 사실은 1학년인 영식이를 좋아하는데 좋아한다는 고백을 우리 공연할 때 무대 위에서 하고 싶어 한다는 것이었다. 그런데 영식이는 수경이의 마음을 전혀 모르는 상태라고 하며 어떻게 해야 좋을지를 물었다.

처음엔 황당했다. "요즘 애들이란…"하는 생각이 먼저 들었다. 수경이의 마음이 얼마나 진지한 것인가는 둘째고 행사 진행에 지장을 주어서는 안 된다는 생각이 우선이었다. 조금 생각하다가 일단 사회자에게 맡겨보자고 했다. 사회를 맡은 선생님은 아직 젊어서인가 그 학생의 소망이 너무 간절한 것 같으니 도와주고 싶다고 했다.

드디어 대회가 시작되었고 우리 순서가 되었다. 실수하지 말아야 하는데, 하는 마음과 수경이 고백은 어찌 되려나, 하는 걱정이 섞인 채 지켜보았다. 학생들은 실수 없이 잘 마치고 퇴장

했다. 이제 사회자가 어떻게 진행하려나 생각하니 마음이 조마조마해졌다.

사회자는 "지금 막 따끈따끈한 편지 하나가 전달되었어요." 하며 운을 떼더니 "처음엔 선후배 사이였는데 어느새 그가 이성으로 느껴졌어요. 그런데 그는 아직 내 마음을 모른답니다." 는 요지의 편지를 읽어주었다. 그리고는 "이 주인공이 궁금하지 않으세요? 무대로 모셔볼까요?" 했더니, 예상 밖으로 관중들이 열광적으로 호응하는 게 아닌가.

무대로 올라온 수경에게 사회자가 언제부터 좋아했는지, 상대방은 이 사실을 아는지 등을 물어보니, 대부분 20대 대학생인 관중은 손뼉도 치고 환호도 하며 재미있어했다. 좋아하는 상대가 이곳에 있느냐는 질문에 수경이 그렇다고 대답을 하자 관중석은 더욱 열광했다.

"보여줘! 보여줘!" "올라와! 올라와!" 낭송 공연은 뇌리에서 지웠다는 듯 신나게 외치는 것이었다. 행여 진행에 누가 될까 걱정하던 나는 열띤 분위기에 완전히 마음을 놓고 한결 가벼운 마음으로 무대를 지켜봤다.

영식이가 쭈뼛거리며 올라오자 관중들은 또다시 "안아줘! 안아줘!"를 연호한다. 사회자는 영식이에게 그녀의 마음을 받아들이겠느냐고 묻고 영식이는 곧바로 대답을 못한다. 관중들은 또다시 "받아줘! 받아줘!"를 연호하고, "오늘은 이 두 사람을 찾지 마세요." 사회자의 재치 있는 말에 모두들 파안대소하는데, 영식이 마음의 결정을 내린 듯 수경이를 살짝 안았다.

환호와 박수 속에 두 사람이 무대를 내려올 때 마침 날이 어두워져 그들 뒤로 후광처럼 조명이 환하게 빛났다.

한 15분 정도 흘렀을까. 10월의 쌀쌀한 저녁을 뜨거운 열기로 덥힌 시간이었다.

예전엔 누군가를 좋아하게 되면 고백하기가 쉽지 않았다. 며칠 밤을 뜬눈으로 새우거나 혼자 끙끙 앓으며 용기를 내어 편지나 보내는 것이 고작이었다. 자신의 마음을 스스럼없이 공개하는 요즘 젊은이들은 용감하다고 해야 할까, 거침없다고 해야 할까, 많이 달라진 것을 느꼈다.

개인의 내밀한 감정이 이벤트로 소모되는 느낌도 있지만 어쨌거나 젊을 때 아니면 언제 해보겠는가. 옆의 교수님들 몇

분은 저렇게 공개 고백까지 했는데 나중에 헤어지면 어떻게 하냐고 미리 걱정을 하기도 했는데, 나는 오늘만큼은 그들 편에 서기로 했다. 내일은 어찌 되더라도 오늘 이 순간을 즐기는 것, 그것이 젊음의 특권 아니겠는가.

젊어서 참 좋구나. 풋풋한 푸른 젊음과 10월의 하루가 어우러지고 있었다.

비 온 뒤 천사가 찾아오다

어린 시절, 바다에서 우아하게 수영하던 엄마의 모습이 아직도 선명하다. 어린 삼 남매 입을 거 먹을 거 준비해 짐 싸고 버스에 흔들리며 오가는 먼 길이 귀찮을 법도 했는데, 엄마는 열심히 바캉스를 챙겼다. 바다에서 신나게 놀다가 허기져 돌아오면 닭튀김이나 엄마표 함박 스테이크가 우리를 기다리고 있었다.

우리에게 이른 저녁을 지어 먹이고 바다로 나간 엄마는 뉘엿뉘엿 넘어가는 해를 배경으로 헤엄을 쳤다. 머리를 수면 위로 내밀고. 그 모습이 어찌나 멋져 보이던지 나도 머리를 내밀고 헤엄쳐 보려 애썼다. 하지만 번번이 가라앉아서 이후 바다든 수영장이든 갈 때마다 머리를 내놓고 헤엄치기를 연습했다.

　그래도 계속 가라앉기만 해서 나는 안 되나 보다, 싶었는데, 어느 날, 내가 머리를 내놓고 헤엄치고 있는 것을 깨달았다. 별다른 조짐도 없었는데, 갑자기, 쑤욱 떠 올랐던 것이다. 이때 느꼈던 놀라움과 신기함은 오래도록 내 안에 남아있다. 그 뒤로 불현듯 어떤 깨달음이 찾아올 때면, 가라앉아 있던 이 느낌과 조우한다.

　현대 단편소설의 거장으로 꼽히는 아일랜드 작가 윌리엄 트레버의 아름다운 단편 「비 온 뒤」는 이 오래전 기억을 소환했다.

　무더운 8월, 이탈리아 체사리나란 곳에 혼자 여행온 영국 여성 해리엇이 그 주인공이다. 원래는 애인과 여행을 갈 예정이었는데, 연애가 끝나 버려 "두 손에 시간이 남아도는 상태로 영국에 있고 싶지는 않았"으므로, 체사리나에 온 것이다. 소설은 그녀가 이곳에 온 열이틀째와 다음날 이틀 동안의 여정을 담고 있다.

해리엇이 이곳을 고른 이유는 어린 시절 가족과 함께 놀러 오던 곳이기 때문이다. "익숙한 환경에서 혼자 있는 것이 더 쉬울 거라고 생각"했지만 가족과의 추억은 힘이 되지 못하고 상처만 헤집을 뿐, 상실감은 더 깊어진다. 그러나 지난날을 하나하나 되짚어봄으로써 연애가 늘 지속되리라 믿었던 것, 부모로부터 받은 실망을 회복하기 위해 연애를 이용했던 것, 자신을 기만해왔음을 하나씩 깨달아간다. 그리하여 이틀간의 여정은 해리엇이 진실에 가 닿는 과정이기도 하다.

소설가 존 맥가헌은 좋은 글은 전부 암시이고 나쁜 글은 전부 진술이라고 했다. 트레버는 비유나 이미지 없는 사실적 문장으로 인물이 처한 상황을 암시한다.

펜시오네 체사리나의 식당에서 혼자 식사하는 사람들은 너무 협소해서 두 사람이 앉을 큰 탁자를 들이지 못하는 벽 쪽을 따라 끼어 들어가듯 자리를 잡는다. 이런 1인용 탁자들은 식당의 네 구석 가운데 세 구석, 늘 차가운 물 단지가 있는 식료품실 문 옆, 가족용 탁자 둘 사이, 닫거나 열 때 덜거덕거리는 높은 두 짝 여닫이창

양쪽 옆에 놓인다.

소설의 서두로 독자에 따라서는 지루하게 느낄 수도 있는 도입부이다. 그러나 이 설명이 있어서 뒤이어 나오는 장면, 곧 해리엇이 혼자이기 때문에 늘 차지하던 탁자가 다른 손님용으로 동원되어 식료품 옆 탁자로 안내되는 상황을 잘 이해할 수 있다.

이때 그녀는 문간에서 "어디로 가야 할지 모른다." 이는 탁자 문제뿐 아니라 자신이 가야 할 길도 불확실하다는 사실을 암시한다. 그리고 그녀 쪽을 아무도 흘끔거리지 않았음에도 수줍어하는 모습으로 그녀의 성향을 짐작하게 한다. 이어서 외모 묘사를 더해 그녀를 두르고 있는 고적감의 색채를 강화시킨다.

　　그녀는 허리띠의 반짝거리는 파란 버클을 제외하면 아무런 장식이 없는 파란 드레스 차림이며 귀걸이는 거의 눈에 띄지 않고 불투명한 하얀 구슬 목걸이는 값나가는 것이 아니다. 말라서 뼈만 앙상한 그녀는 거무스름한 머리를 짧게 잘랐고 긴 얼굴은 끌로 날카롭게 깎은

듯한 모딜리아니의 얼굴과 놀랍도록 닮았으며 한 달 전
에 이십 대를 빠져나왔다.

해리엇과 대조적으로 식당 안 다른 여행객들은 소란스럽다. 서로 자기소개를 하고 대화를 나누며 유쾌하게 웃고 있어, 혼자 떨어져 있는 해리엇의 고독이 오롯이 부각된다. 여러 나라의 언어가 "떠내려" 오는 중에 그녀 홀로 작은 섬에 고립된 것만 같다.

그녀의 머릿속은 복잡하다. 20년 전, 그녀가 열 살 때 부모와 함께 이곳에 왔을 때를 회상하며 화목해 보였던 가족이 거짓이었음을 떠올린다. 겉으로 미소 짓고 있었지만 부모는 각자 다른 짝이 있었던 것이다. 부모의 헤어짐은 해리엇의 삶을 너무도 쓸쓸하게 채색해버렸고, 그래서 연애를 통해 그 실망감을 몰아내려 했던 것이다. 하지만 연애할 동안 사라진 것 같았던 상처는 연애가 끝날 때면 되살아나, 결국 아무것도 몰아내지 못했다는 사실을 매번 확인시켰다.

이러한 인식은 다음 날 시내로 나가 산타 파비올라 교회를 구경하고 돌아오는 여정에서 더욱 깊어지고 확장된다. 공기는 뜨겁고 바람도 없는 날, '맹렬하고 답답한 더위'를 뚫고 걸어가는 길에 비는 '무자비한 더위를 식혀주는 청량제'이다. 교회 앞에 왔을 때 빗방울이 떨어지고 식당에서 점심을 먹는 사이 빗줄기가 거세진다. 교회에서 수태고지 그림을 보고 나오자 비는 그쳤고 공기는 한결 신선해졌다.

비 온 뒤의 느낌은 청량할 뿐만 아니라 무언가를 말해주는 듯하다. "뭔가가 분명히 연결된다는 것을 알고 있는데, 그것이 무엇인지 도무지 잡아낼 수가 없"어 계속 생각하다가 마침내 깨닫는다. 수태고지는 비 온 뒤에 그린 것임을. 그림 속 풍경이 지금 보고 있는 이 순간의 표정을 짓고 있음을. 동정녀와 천사의 배경으로 그려진 우아한 아치들과 난간, 하늘과 산이 더위가 스친 적도 없는 듯 보드라운 까닭이 비 온 뒤 풍경이었기 때문이다. 천사가 온 것은 비 온 뒤. 그 첫 서늘한 순간이었던 것이다.

이제 그녀는 자신을 괴롭혔던 문제의 핵심을 본다. 사랑에 너무 많은 것을 기대하자 남자가 물러선 것이며 그녀가 그녀 자신의 피해자였음을 생생하게 인식한다. 이곳에서의 고독을

253

깊이 생각해보아도 아무런 답은 나오지 않고 앞으로도 나오지 않을 것임을 느끼지만, 답이 없다는 사실을 깨달은 이상, '다른 삶'을 살 수 있다.

오래전 어린 내가 고개를 내밀어도 가라앉지 않고 헤엄치게 되었을 때 그전엔 왜 가라앉았는지 이상했던 것처럼, 해리엇 역시 이렇게 분명하게 알게 된 사실을 이전엔 왜 몰랐는지 의아하다.

비 온 뒤 "잎과 돌로부터 다른 삶이 슬며시 기어나왔"듯이, 상처와 기만, 혼돈으로 뒤엉켰던 마음에 천사 또한 신비하게 찾아온다. 번민하던 지난날을 뒤로 하고 쑤욱 떠올라 내일을 향하게 되는 순간이다.

엄마의 시간

"별일 없지?"

"잘 자고 잘 먹는다."

"걱정해 줘서 고맙다."

요즘 엄마가 주로 하시는 말이다.

실제론 잘 자지 못했고 잘 먹지 못했는데도 이렇게 말씀하신다. 인지장애의 한 증상인가도 싶지만, 어떤 상황이든 잘 자고 잘 먹었고 고맙다고 하시니, 나도 따라서 좋고 고맙다.

작년 봄 엄마가 급작스런 맹장염으로 수술받기 전, 우리 자식들은 엄마를 우리보다 더 건강하다고 여기곤 별다른 걱정을 하지 않았다. 아파트 안 헬스장에 격일로 다니시고 거기 오는 70대보다 팔팔하다고 자랑하셨고, 미수를 맞아 수필집 출판기념 겸 서예 전시전을 열겠다고 준비하고 계셨다.

나는 도와드릴 생각은 조금도 없으면서 무슨 수필집을 또 내시나 궁시렁거리기나 했다. 변비로 힘들다고 하시면, 엄마 정도면 아주 건강하니까 물 많이 드시고 요구르트 드시면 된다, 잠 못 자서 머리 아프다고 하소연하시면, 너무 예민하게 신경 쓰지 말라고, 누구나 할 법한 뻔한 대답을 했다.

엄마는 기가 센 분이셨다. 승부욕도 강하고 뭐든지 열심히 하며 엄마 표현을 빌면 '극성'이다. 자기 주장이 강해서 자신이 정한 룰을 다 같이 지켜줘야 속이 편한 사람이었다. 거리 두고 생각하기보다 감정이 더 앞서는 쪽이라 희로애락 표현이 분명했다. 감정표현을 덜 하고 엄마 표현으로는 '이지적인' 나와는 맞지 않는 구석이 많았다. 게다가 난 나이를 먹으면서 쓸데없이 입바른 소리를 해대서, 딸 하나 있는 게 엄마 편 안 든다는 푸념을 종종 들었다.

아래로 동생이 7명이나 있는 맏딸이었으나 부엌일엔 관심 없어서 외할머니 근심을 들으며 자랐다고 했다. 예술 애호가이 셨던 할아버지 사랑엔 늘 문인과 서예가들이 드나들었는데, 그 분들의 이야기 듣는 게 좋았다는 소녀, 키 작은 게 싫어서 죽어 라 농구를 했고, 공주사범에 합격해 어린 나이에 집을 떠나는 데도 겁나지 않았다는 당찬 소녀였다. 우상이었던 오빠의 전공 을 따라 국문학과에 진학하고 그 시절에 대학원까지 마쳤다.

결혼해서도 더 공부하기를 원했으나 아버지 사업이 어려워 지고 나를 비롯해 삼 남매를 낳아 기르다 보니 주저앉게 되셨 다. 그래도 포기하지 않고 막내 동생이 초등학교에 들어가자 서예를 다시 시작하셨고, 우연히 길에서 만난 동료의 주선으 로 40대 초반부터 대학 강의를 하게 되었다.

사실 아등바등하지 않고서는 가능한 삶이 아니다. 한편으로 그런 엄마가 자랑스러우면서도 또 한편으론 김밥을 예쁘게 말 고 푸근한 미소를 띠고 이것저것 챙겨주는 엄마를 소망했다. 친정에 온 딸을 따뜻하게 맞아주면서 하나라도 더 먹이려고 하고, 대문 앞에서 오래도록 손 흔들며 배웅하는 드라마 속 엄 마 이미지를 원했던 것이다. 그게 불가능함을 이젠 누구보다도 잘 알지만, 자식의 이기심은 후안무치랄 밖에…

하지만 이제 다 지나간 일이 되어 버렸다.

예기치 못한 일들이 일어나는 게 삶이어서, 작년 수술 후 엄마는 이전과 다른 시간을 살고 계신다. 배가 아파서 응급실에 갔는데 맹장염이라고 했다. 놀라긴 했지만 아는 병이라 다행이라고 생각하며, 엄마가 수술받는 동안, 우리 남매는 이런저런 의논을 나누었다. 혼자서 생활하시기 어려울 테니 입주 간병인을 구하기로 했고, 버리는 걸 아까워해 묵은 물건들로 가득한 엄마 집을 이 기회에 정리하기로 결정했다. 까탈스런 엄마가 혹 간병인을 싫어하시면 어쩌나, 맘대로 버렸다고 야단치시면 어쩌나, 그런 걱정을 하면서.

그런데 기우였다.

엄마 평생 처음 받은 수술은 알 수 없는 무언가를 슬며시 빠져나가게 만든 것 같았다. 악착같이 붙잡고 있던 끈을 이젠 놓아도 된다는 계시라도 받은 듯, 무언가 느슨해지고 무언가 헐렁해진 느낌, 뾰족하게 날 서 있던 것이 무지근히 눌려져 완만하면서도 순해진 느낌이 들었다.

수술받았다는 사실을 명확히 기억하지 못하며 집에 들어선 엄마는 집안 물건이 바뀐 것에 무심했고 별달리 지적을 하지도 않았다. 병원에 계실 때에는 수필집 출간이 미뤄지는 것을 걱정하셨는데, 이제 수필집 이야기가 나오면 "나중에 내면 되고… 안 해도 그만이지 뭐." 하며 웃으신다. 간병인과도 잘 지내시고, 편안하고도 말개진 얼굴로 우리를 맞아주신다. 좋아 보이신다고 하면 활짝 웃으며 고맙다고 하신다.

요즘 엄마의 하루는 때 되면 밥 먹고 근처 산책하고 텔레비전 조금 보다가 잠자리에 드는, 지극히 단순하게 흘러간다. 엄마 생애 가장 느긋하고 평화로운 시간을 보내고 있는 셈이다. 일견 무의미하다고 여길 수도 있지만, 의미 있는 건 뭐란 말인가 하는 질문에 이르면 다 부질없다는 생각이 든다.

그리고 그냥 그렇게 존재하는 것만으로 위안을 준다는 사실도 새로 깨닫는다. 기억을 잃어간다고 무의미한 것이 아님을, 이 시간이 있어서 엄마의 삶을 되새겨보고 앞으로 다가올 내 노년도 예감해 보고 동생들과도 더 자주 이야기를 나눈다는 사실도 알게 된다.

그냥 집에 가기가 허전해서 운동하자고 엄마와 함께 현관을 나선다. 기역자로 된 아파트 복도를 따라 걷다가 엘리베이터 앞에서 멈춘다. 엘리베이터 안에서 문이 닫히기까지 웃으며 손 흔드는 엄마를 본다. 왜소해진 모습에 울컥하지만, 이처럼 따뜻한 시간이 주어짐에 진정 감사하는 마음으로 마주 손 흔든다. 한참 시간이 흐른 후에도 아름다운 순간으로 되돌아 볼 때를 생각하며…

안단테 칸타빌레

　드디어 봄기운이 느껴진다.

　실로 오랜만에 환한 햇살이 거실 창 가득 밀려 들어온 한낮, 바흐 첼로 협주곡을 틀어놓고 창가 책상 앞에 앉아 본다. 첼로 선율을 따라 둥그렇게 퍼져나가는 나른한 행복감.

　3월부터 안식년을 맞아 자유로운 시간이 주어졌으나, 연일 이어지는 쌀쌀한 날씨에 일본의 지진까지, 안식을 느낄 여유가 없었다. 후쿠시마 원전이 파괴되어 방사능이 유출되고, 우리나라에 내리는 비에도 방사능 오염물질이 섞여 있다는 뉴스에 음울한 디스토피아를 연상시키는 나날들이 계속되었다. 거기에 카이스트 학생들의 잇따른 자살 소식까지 더해지니 암담한 마음이 쉽게 가시지가 않는다.

그러던 차에 영화 포스터 한 장이 눈에 들어왔다.

〈수영장〉이란 일본 영화이다. 자그마한 수영장 앞에 다섯 명의 인물들이 정면을 향해 옆으로 나란히 서 있다. 헐렁한 옷차림에 슬리퍼를 신고, 수영장 가에는 하얀 비치 파라솔 아래 역시 하얀 비치 베드와 의자가 놓여있다. 수영장 너머 무성한 나무들이 있고 수영장 표면에는 숲의 그림자가 푸르게 드리워져 있다. 마치 한 폭의 정물화처럼 조용히 놓여있는 수영장과 소박한 사람들. 그 정적인 풍경과 '봄날의 따사로운 선물'이란 문구가 스산한 마음을 위무하는 듯해서 영화관을 찾았다.

태국 치앙마이의 한적한 게스트하우스를 배경으로 펼쳐지는 이야기는 극적인 요소가 없어 잔잔한 수면과도 같았다. 아마 액션영화를 좋아하는 관객이라면 십중팔구 졸았으리라. 영화의 첫 장면은 수영장 위에 뜬 나뭇잎들을 태국 소년 비이가 뜰채로 건지고 있는 장면이다. 곧이어 쿄꼬가 준비한 음식들이 클로즈업되는데, "찌라시스시다!"라는 비이의 탄성으로 그것이 특별한 요리라는 것을 암시한다. 바로 딸 사요를 환영하기 위한 식탁이다. 이 게스트하우스에서 일하고 있는 쿄꼬를 만나러 일본에서 사요가 도착하는 날인 것이다.

호리호리한 몸매에 짧은 머리로 얼핏 소년처럼 보이는 사요는 4년 전 엄마가 좋아하는 일을 찾아 태국으로 떠난 것에 대한 원망이 있다. 그렇다고 격앙된 목소리로 항변하는 모습은 나타나지 않는다. 반가워하는 엄마 앞에서 무뚝뚝하게 인사하는 것, 준비한 음식을 마다하고 방에 들어가는 것으로 풀리지 않은 앙금을 표현한다.

게스트하우스에서 머무는 6일 동안 굳어있던 사요의 마음은 조금씩 누그러진다. 이곳의 환한 햇살과 살랑이는 바람, 평화로운 정경과 선량한 주변 사람들 사이에서 자신도 모르게 치유된다고나 할까.

오갈 데 없는 개, 고양이들을 보살피고 고아인 비이도 키우고 있는 여주인 키쿠꼬, 비이의 엄마를 찾는 일에 열심인 성실한 청년 이치오, 엄마처럼 비이를 돌보는 쿄꼬, 그리고 엄마가 없어도 이들과 행복하게 살고 있는 비이는 사랑으로 맺어진 가족이라고 할 수 있다.

엄마와 함께 살지 못해 힘들었던 사요에게 이치오는 서른 넘도록 부모님과 한집에서 살아 갈등이 많았고 떨어져 있었다면 더 좋았을 거라고 말함으로써, 다른 각도에서 바라볼 수 있음을 알려준다. 또 시한부의 삶이지만 삶의 기쁨을 충만하게 만끽하는 키쿠꼬는 주어진 시간을 어떻게 살아내는가가 중요하다는 사실을 새삼 되돌아보게 한다.

좋아하는 일을 하며 살아야 한다는 쿄꼬의 신념은 엄마랑 살고 싶은 어린 딸을 남겨두고 떠나야 하는 모진 딜레마를 만나기도 한다. 딸의 입장에서는 이기적이라고 생각할 수 있는 이 태도를 영화는 옹호한다. 그렇지만 그럼에도 불구하고 좋아하는 일을 하며 살아야 하고 "항상 함께 있는 것만이 좋은 것만은 아니다."라는 것이다.

좋아하는 일을 하며 산다는 것이 얼마나 생기 넘치는 일인가를 이 영화는 잘 보여 준다. 요리나 청소, 빨래 같은 무의미한 일과들이 모두 반짝반짝 빛이 나기 때문이다. 정성껏 요리한 음식을 맛있다고 감탄하며 행복한 얼굴로 먹는 모습을 보면 소박한 바나나튀김도 지상 최고의 요리로 보이고, 싸리 빗자루로 마당을 쓸고 있는 이치오는 너무 평화로워 보여 눈물이 날 지경이고, 이곳에 와서 빨래가 좋아졌다며 볕 좋은 마당한 편의 빨랫줄에 빨래를 널고 있는 쿄꼬를 보면 나도 그 행복을 같이 누리고 싶어진다.

수영장은 이런 자족적인 삶의 한가운데 놓여있다. 이 영화의 수영장은 수영하거나 물장구치는 곳이 아니다. 자신의 마음을 들여다보고 다른 사람들의 마음을 이해하고 소통하게 하는 장소이다.

영화 초반 사요는 조용히 반짝이는 수영장의 수면을 바라보며 자신의 응어리진 마음을 응시한다. 마치 수영장과 무언의 대화를 나누듯이 이치오와 대화를 나누고 비이에게 마음을 여는 곳, 비치 베드에서 잠든 키쿠꼬를 위해 이치오가 파라솔을 펴주고, 사요에게 주려고 쿄꼬가 정성껏 스카프에 수를 놓는 곳도 수영장 옆이다.

특히 후반부, 쿄꼬의 기타반주에 맞춰 다 함께 노래하는 아름다운 장면도 이곳에서 이뤄진다. 부드러운 표정으로 함께 노래 부르는 사요를 보면서 그녀가 안고 있던 상처가 이제 치유된 것을 느낀다. 이성적으로가 아니라 정서적으로.

일본으로 떠나는 날, 화사한 꽃들이 활짝 수 놓인 스카프를 목에 두름으로써 사요는 엄마를 받아들인다. 이치오가 운전하는 자동차 뒷자리에 나란히 앉아 있는 쿄꼬와 사요의 얼굴은 평화롭다. 이들을 축복하듯이 길 양쪽으로 맨발의 승려들이 줄지어 행진하고 있다. 승려들이 입은 장삼의 진한 오렌지빛은 이들의 삶을 환하게 밝혀주는 불꽃의 행렬로 보인다. 소원을 담아 밤하늘로 띄워보내는 등불처럼.

"아름답다!" 쿄꼬의 외침에 나도 고개를 끄덕이며 동의한다.

영화가 끝나자 편안해진 마음에 어딘가로 휴식 여행을 다녀온 듯하다.

삶이란 무엇일까? 어떤 삶을 원하는가? 생의 목표를 정하고 그 목표에 이르고자 노력하는 삶, 성취했을 때의 기쁨을 위해 많은 것을 희생하며 사는 삶도 있지만, 있으면 있는 대로 없으면 없는 대로 순간순간 즐거움을 느끼며 물 흐르듯이 사는 삶도 가능하다.

삶의 기쁨이란 거창한 성취에서 오는 것만은 아닐 터. 길 잃은 고양이나 개들을 돌보면서도 느낄 수 있으며 맛있는 음식을 좋은 사람들과 같이할 때, 환한 햇살 아래 있을 때, 싱그러운 바람을 느낄 때, 잔잔한 수면을 바라볼 때도 느낄 수 있는 것이다.

과도한 경쟁 속에 살아가는 요즘 우리 사회의 시각으로는 비현실적으로 보이지만, 이런 아름다움을 놓치며 살아가는 것은 아깝지 않냐고 이 영화는 조용히 묻는다.

다 함께 부르던 노래처럼, 노래하듯이 살 수 있는 삶이 여기 있다고 말한다.

돌아볼 시간이 있다면

10월에 나무가 누레졌다. 그때 시계를 한 시간 뒤로 돌렸고 11월의 바람이 길게 불어와 잎을 뜯어내 나무를 벌거벗겼다. 뉴로스 타운 굴뚝에서 흘러나온 연기는 가라앉아 북슬한 끈처럼 길게 흘러가다가 부두를 따라 흩어졌고, 곧 흑맥주처럼 검은 배로Barrow 강이 빗물에 몸이 불었다.

클레어 키건의 소설 『이처럼 사소한 것들』의 도입부이다. 바람이 불어와 잎을 뜯어내고 연기는 가라앉아 흘러가다가 흩어지고 강물은 검다. 이 음산하고 음울한 풍경은 앞으로 펼쳐질

이야기가 어둡다고 예고하는 듯하다. 이어서 묘사되는 사람들의 모습도 침울하다. 실업급여를 타려고 줄 서 있고, 추운 날씨가 어떤 조짐은 아니냐고 서로 물으며, "칼날처럼" 스며드는 한기를 견디고 있다.

이러한 도시에서 석탄과 토탄, 무연탄, 분탄, 장작을 파는 빌 펄롱이란 남자가 이 소설의 주인공이다. 그는 빈주먹으로 태어났다. 그의 엄마는 열여섯 살 때 미시즈 윌슨의 집에서 가사 일꾼으로 일하던 중 임신을 했다. 미시즈 윌슨은 남편을 먼저 보내고 자식도 없는 이로서, 시내에서 몇 마일 떨어진 큰 집에 혼자 사는 개신교도였다.

펄롱 엄마가 곤란한 지경에 빠지자 가족들은 외면하고 등을 돌렸지만, 미시즈 윌슨은 엄마를 해고하지 않고 계속 그 집에서 일할 수 있게 해 줬다. 펄롱이 태어난 날 아침에 엄마를 병원에 데려가고 또 둘을 함께 집으로 데려온 사람도 미시즈 윌슨이었다.

펄롱이 자라자 미시즈 윌슨은 펄롱을 돌보며 잔심부름도 시키고 글도 가르쳐준다. 펄롱은 학교에서 비웃음과 놀림을 당했지만 무사히 졸업하고, 기술학교에 다니다가 석탄 야적장에서 일하게 된다. 일머리가 있었고 사람들하고 잘 지내며 건실하고 믿음직했으며 일찍 일어나고 술을 즐기지 않아 그는 현재 자리로 올라온다.

그리하여 지금은 아내 아일린과 딸 다섯과 함께 행복한 가정을 꾸리고 성실한 가장의 삶을 누리고 있다. 가끔 아버지가 누구인지 궁금하지만 (어머니가 갑자기 죽어 아버지가 누구인지 듣지 못한다) 과거에 머물지 않고 딸들을 부양하는 데 집중한다.

소설은 곤궁한 사람들이 늘고 혼란스러운 1985년 아일랜드의 현실을 구체적으로 그린다. 실업수당을 받으려는 사람들 줄이 점점 길어지고 전기요금을 내지 못해 창고보다도 추운 집에서 지내며 외투를 입고 자는 사람도 있다. 시골로 가면 젖을 짜달라고 우는 젖소들이 있었는데, 그 까닭은 젖소를 돌보던 이들이 다 때려치우고 영국으로 떠나 버린 탓이었다. 조선소가 문을 닫고 공장에서는 여러 차례 해고를 단행하고 문 닫는 회사가 늘어나 경기가 꽁꽁 얼어붙는다. 어린 남자아이가 고양이 밥그릇에 담긴 우유를 마시는 것이 목격되기도 한다.

이렇게 혹독한 시기에 펄롱은 조용히 엎드려 지내면서 사람들과 척지지 않고 딸들이 이 도시에서 유일하게 괜찮은 여학교인 세인트마거릿 학교를 무사히 졸업하도록 뒷바라지하겠다는 결심을 굳힌다. 크리스마스가 다가오는 시기, 펄롱의 가족은 굶주림과 해고의 세계와 상관없다. 시청 앞 트리에 불을 밝히는 점등식을 구경하고, 아내는 크리스마스 케이크를 만들고, 아이들은 산타에게 갖고 싶은 선물에 대해 편지를 쓰고, 그 편지를 읽으며 아이들에게 줄 선물을 정하고… 화목하고 단란한 가족의 정경이 아닐 수 없다.

그런데 펄롱은 뭔가 모를 결여를 느낀다.

뭐가 중요한 걸까, 아일린과 딸들 말고 또 뭐가 있을까? 마흔을 바라보는 나이가 되었는데 어딘가로 가고 있는 것 같지도 뭔가 발전하는 것 같지도 않았고 때로 이 나날이 대체 무슨 의미가 있나 하는 생각을 지울 수가 없는 것이다.

그러던 어느 날 펄롱은 장작과 석탄을 배달하러 수녀원에 간다. 수녀원은 이 도시 모든 일에 관여하는 숨은 권력자이며 펄롱의 딸도 다니고 있는 세인트마거릿 학교도 운영한다. 그리고 직업 여학교도 운영하고 세탁소도 겸업했다. 이 학교와 세탁소는 타락한 여자들이 교화를 받는 중이라거나 가난한 집의 결혼 안 한 여자가 아기를 낳으면 보내지는 거라는 등의 소문이 무성한 곳이다.

약속 시간보다 이르게 도착한 펄롱은 예기치 않게 그 소문의 진상을 목격하게 된다. 헐벗은 어린 여자아이들이 바닥을 닦고 있는 광경을 본 것이다. 신발을 신은 사람은 아무도 없었고 한 아이는 눈에 흉측한 다래끼가 났고 또 다른 아이는 머리카락이 엉망으로 깎여 있었다. 그중 한 아이가 나오더니 펄롱에게 밖으로 나가게 도와달라고 부탁한다. "그냥 물에 빠져 죽고 싶어요."라면서. 하지만 수녀가 나타나자 아이는 갑자기 바닥에 엎드려 윤을 내기 시작한다.

수녀에게 여자아이들에 관해 묻고 싶었으나 머리에서 지우고, 펄롱은 수녀가 지불하는 돈을 받아 들고 나온다. 하지만 그의 머릿속에서 걸레질을 하던 아이들이 계속 생각난다. 그곳에서 현관으로 이어지는 문이 자물쇠로 잠겨 있었다는 사실과 수녀원과 그 옆 세인트마거릿 학교 사이에 있는 높은 담벼락

꼭대기에 깨진 유리조각이 죽 박혀 있다는 사실도 처음 발견한다.

집에 돌아와 아내에게 그 얘기를 하자, 아내는 "그게 우리랑 무슨 상관이야? 우리 딸들은 건강하게 잘 크고 있잖아?" 반문하면서, 우리가 할 수 있는 일이 없다고 말한다. 이어지는 아일린의 말은 내 생각과 똑같아서 순간 화끈거렸다.

"이런 생각 해봤자 무슨 소용이야?"

"생각할수록 울적해지기만 한다고."

"사람이 살아가려면 모른척해야 하는 일들도 있는 거야. 그래야 계속 살지."

펄롱은 자신의 아이가 그렇게 될 수도 있다는 생각을 하지만, 아일린은 "걔들은 우리 애들이 아니라고." 못 박는다.

크리스마스이브를 이틀 앞둔 이른 아침, 펄롱은 수녀원에 다시 간다. 석탄광을 열자 그 안에 한 여자아이가 있는 것을 발견하게 된다. 아이는 겁에 질려 있고 제대로 서 있지도 못하는 데다가 머리가 엉망으로 깎여 있다.

펄롱의 평범한 내면 한편에서 여기 오지 않았더라면 좋았겠다, 그냥 모른 척하고 집으로 가버리고 싶다는 생각이 든다. 하지만 펄롱은 도울 수 있는 일이 뭐냐고 묻는다. 아이의 이름을 물어보자 아이가 울음을 터뜨린다. "친절에 익숙하지 않은 사람이 처음으로 혹은 오랜만에 친절을 마주했을 때 그러듯이."

수녀원을 다녀온 후 펄롱은 계속 괴롭다. 소녀가 받은 취급을 보고만 있었고, 자신이 낳은 아기가 어디 있는지 물어봐 달라는 소녀의 부탁을(소녀는 미혼모이고 수녀가 아기를 데리고 갔다는 것) 들어주지 않았고, 소녀를 수녀원에 그대로 두고 나와 위선자처럼 미사를 보러 갔다는 사실이 괴로운 것이다.

결국 펄롱은 수녀원을 다시 찾아간다. 석탄광에 여전히 그 소녀가 있었고, 펄롱은 소녀를 데리고 나온다. 소녀를 데리고 걸으면서 앞으로 맞닥뜨릴 일에 대한 두려움이 엄습하지만, 한편으로 새롭고 새삼스럽고 뭔지 모를 기쁨이 솟는 것을 느낀다. 그의 가장 좋은 부분이 빛을 내며 밖으로 나오고 있는 것이다.

그는 미시즈 윌슨이 날마다 보여준 친절을 생각한다. 어떻게 자신을 가르치고 격려했는지를, 말이나 행동으로 하거나 하지 않은 사소한 것들을 생각한다. 그것들이 한데 합해져서 하나의 삶을 이룬 것이다. 미시즈 윌슨이 아니었다면 그의 어머니는 어떻게 되었을지 모르는 일이었다.

나와 내 가족을 보호하고자 하는 본능을 누르기란 얼마나 어려운 일인가. 모른 척하고 넘어가는 일, 할 수 있었는데 하지 않은 일은 또 얼마나 많은가. 두렵지만 결국엔 용기를 낸 펄롱에게서 인간이 도달할 수 있는 고귀한 순간을 본다.

크고 작은 수많은 일들이 밀물처럼 밀려오는 속에서, 습관적으로 어제 했던 일을 반복하며 살아가는 나를 잠시 되돌아본다. "언제나 쉼 없이 자동으로 다음 단계로, 다음 해야 할 일로 넘어"가고 있다. "멈춰서 생각하고 돌아볼 시간이 있다면" 내 삶이 조금은 달라질 수 있을까. 놓치고 있는 무언가를 찾아내어 대면할 수 있을까. 펄롱처럼 나를 보호하려는 본능을 누르고 용기를 선택할 수 있을까.

유영하는 시간

어린 시절 우리 집이 있는 골목에서 조금 올라가면 담이 낮아 안마당이 훤히 보이는 집이 있었다. 상당히 큰 뜰에 잔디가 고왔고, 나무의 잎새가 푸르러지고 꽃이 피는 계절이 되면 풍요로우면서도 아름다웠다.

'정원'이란 단어는 그렇게 내 마음에 새겨졌다.

그냥 나무 몇 그루 서 있는 현실의 '마당'과 구별되는 동화 속 세계처럼. 누군가의 보살핌이 있어야 가능하다는 사실은 인식하지 못할 때라 그저 보기 좋으면 좋았다. 아마 내가 갖지 못한 것에 대한 동경도 섞였으리라.

최근 이슬람 문명에 대한 책을 읽다가 오래 전 이 기억이 떠올랐다. 정확히는 내가 품고 있던 정원에 대한 이미지가 떠올랐다. 사막 지역의 험악한 환경과 가혹한 기후가 이슬람 예술에 '정원'이란 분야를 탄생시켰다는 설명에서였다. 정원을 천국이 땅 위에 반영된 것으로 상상해서, 11세기에서 19세기에 이르기까지 눈부신 정원예술이 발달했다는 것이다. 지배층은 재산과 권위의 상징으로 규모가 큰 정원을 누렸고, 보통 사람들도 자그마한 정원을 꾸며 최소한으로라도 자연을 느끼곤 했다고 한다.

푸른 나무와 다채로운 꽃들이 세밀하게 배치된 정원에서 현실의 먼지와 열기, 단조로움을 잊으려 한 이슬람 사람들. 낮에는 작열하는 태양과 뜨거운 바람이 몰아치고 밤이면 살을 에는 추위가 덮치는 기후에 황량한 풍경만 펼쳐져 있는 환경에서 잠시라도 벗어나려 한 것이니, 결핍에서 비롯된 상상의 멋진 결과물인 셈이다.

그런 생각을 하던 차에 또 다른 정원을 만나게 되었다. 마음 맞는 문우들과의 제주 여정에서 찾은 〈생각하는 정원〉이다.

277

'생각하는 정원'이라니, 정원이라면 그저 풍경을 즐기면 되는 게 아닐까, 무엇을 생각하는 걸까 호기심을 갖고 둘러봤는데, 과연 생각할 거리가 많았다. 제주의 오름을 형상화한 나지막한 언덕 사이로 수천 점의 분재와 나무들, 연못이 조화로운 거대한 정원인데, 우선 분재에 대한 편견을 여지없이 깨뜨렸다. 자연 속에서 잘 자라고 있는 나무를 잘라서 생기를 잃게 한 것이 분재라고 여겼는데, 이 정원의 분재들은 자연 속 나무와 다름없이, 아니 더 생명력을 발산하고 있었다.

각 분재와 나무 옆에 놓인 안내판은 나무의 특성뿐 아니라 관련된 일화를 소개하기도 하고 삶에 대한 사유를 유도하고 있어 특별했다. 나뭇가지에 돌덩이가 붙어 있는 느릅나무의 안내판에는 그 유래에 대한 설명 뒤에 "분재의 가지는 계속 다듬어 주어야 하기 때문에 영원히 미완성입니다. 사람의 인격도 또한 영원히 미완성인 것 같아요. 죽음의 순간까지 닦고 닦아 나가야 하는 것이 아닐는지…"로 마무리되어 있었다.

나무를 설명하다가 인격 이야기라니… 독특한 모양의 주목, 큼지막한 열매를 매달고 있는 모과나무, 제주 토종 윤노리나무,

돌을 안고 있는 느릅나무 등, 다양하면서도 색다른 나무들에 경탄하는 데 그치지 말고 인생에 대해 생각했으면 하는 바람이 읽혀 이 정원을 가꾼 이가 누구일까 궁금해졌다.

1968년 가시덤불 돌짝밭을 개간하기 시작해 50년이 넘는 시간 동안 매만져 오늘의 정원을 이뤘다는 성범영 원장의 이야기는 놀라움과 감탄의 연속이었다. 제주에서 가장 낙후되고 척박한 땅에서 미친놈 소리를 들어가며, 수없이 다치고 수 차례 수술까지 받으며 정원을 일궜다고 한다. 그 고된 시간을 견딜 수 있었던 것은 신앙 덕분이었다고 했는데, 그에 못지않게 나무를 가꾸면서 저절로 수양이 된 게 아닐까 하는 생각이 들었다.

그의 이야기를 들으며 나무들을 다시 바라보았다. 성원장의 말대로 나무들은 정직했다. 분재라고 해서 생기를 잃은 게 아니라 다른 나무들보다 더 오래 살고 건강할 수 있다는 사실을 빛나는 몸으로 증언하고 있었다. 본질은 외면하고 일면만 보는 인간이 우습다는 듯.
저렇게 나무가 싱싱한데, 나무의 천성을 억압한 것인가, 야성을 교정한 것인가 따지는 일은 무의미하지 않은가. 심지어 돌담 사이에서 태어나 돌 때문에 죽을 수 있던 나무를 보살펴 돌을 감싼 상태로 살아나게 했으니, 방법이 중요한 게 아니라 '살림'이 중요한 게 아닐까. 어떤 형태로든 살아 있는 게 중요하지, 지엽적인 논의로 본질을 흐릴 필요가 있을까.

많은 생각이 교차하는 가운데 오래도록 마음에 남은 것은 분재는 계속 가지를 다듬어 주어야 하므로 영원히 미완성이라는 말이었다.

완결이란 완전히 끝을 맺는 것이니 더 이상 변할 여지가 없는 상황이다. 하지만 완결되지 않은 미정형의 세계는 가능성이 남아 있으므로 미래로 열려 있다. 살아서 움직이는 것이다.

나뭇가지를 계속 다듬듯이, 우리의 생각도 이리저리 매만져야 좀 더 나은 모양이 되리라. 굳어있던 관념을 흔들어 변화의 물꼬를 트고, 일면만 보던 습관에 균열을 내고, 나에게 익숙한 세계가 전부가 아님을 인정하고, 깨지면 안 되는 공고한 세계는 없다는 사실을 받아들이고, 그래서 내 삶을 이루어 온 많은 풍경이 달라질 수 있음을 깨달으면서.

정원 안에서 생각이 물처럼 흘러간다.

춤의 환 幻歡煥

크리스마스를 앞두고 국립발레단의 「호두까기 인형」을 관람했다.

이 작품은 널리 알려진 대로 독일의 작가 호프만의 동화인 「호두까기 인형과 생쥐 대왕」을 발레로 표현한 것이다. 차이코프스키가 음악을 작곡하여, 시종일관 아름다운 춤사위와 어우러진 음악이 귀를 사로잡았다.

크리스마스 선물로 받은 호두까기 인형이 왕자로 변해 청혼한다는 꿈의 이야기. 현실에서 일어나기 어려운 환상이지만 크리스마스 시즌에는 다 좋다. 화려한 크리스마스 장식과 파티에 오는 이들의 가볍고도 경쾌한 몸놀림, 눈송이와 꽃송이들의 순수하고도 아름다운 춤, 각 나라 인형들의 춤과 마리와 호두까기 인형의 멋진 동작들. 나도 잠시 마리의 꿈속에 들어간 느낌이었다. 우아한 턴 동작과 허공을 가르는 점프를 보다 보니, 오래전 체육센터에서 재즈댄스를 배울 때가 떠올랐다.

당시 집 근처에 체육센터가 개관을 했다. 마침 여기저기 몸이 보내는 신호가 심상치 않아 운동을 해보려던 참이었다. 아이들이 학원에 가는 저녁 8시가 좋을 것 같아서 그 시간에 개설된 프로그램을 찾아보니 재즈댄스 강좌가 있었다. 재즈댄스가 뭔지도 모른 상태에서 일단 시작해 보자고 용기를 냈다.

쭈뼛거리며 첫 시간에 가보니 내 또래로 보이는 사람들도 서너 명 섞여 있어 마음이 좀 놓였다. 낯선 동작을 따라 하려니 어색하고 몸은 말을 안 들었다. 하지만 선생님이 친절한 데다 핵심을 잘 짚어 가르쳐주어 점점 흥미를 느끼게 되었다.

"재즈를 잘하려면 머리가 좋아야 해요. 먼저 동작을 기억해야 하니까요. 그다음엔 반복해서 연습하면 됩니다." 선생님 설명에 힘을 얻어 연습해 보니 더디나마 동작들이 몸에 익기 시작했고, 어느새 즐기고 있는 나를 발견하게 되었다.

처음엔 몸을 쓰는 데서 오는 희열이 좋았다. 땀 날 정도로 몸을 움직이는 건 중고생 때 체력장 연습 이후 처음이었으니까. 흥겨운 리듬에 맞춰 빠르게 몸을 움직일 때, 발끝으로 서거나 한 다리로만 서서 버티는 동작을 할 때(물론 바로 넘어지지만), 저절로 끙끙 소리가 나오고 땀이 흘러내리는데, 뭔가 해낸 듯한 뿌듯함이 차오르곤 했다. 뻑뻑하고 피곤하던 눈도 말개지고 뒷골이 뻣뻣하던 것도 어디론가 사라져 버렸다.

머릿속이 맑아지는 것은 생각지 못한 효과였다. 동작에 집중해야 하기 때문에 바로 전까지 머리를 짓누르던 생각들이 공중 분해되는 것이다. 운동을 마치면 머릿속이 공기처럼 가벼워진 것을 느낄 수 있었다.

시인 김춘수는 시를 춤에 비유했다.
'보행'이 유용함에 비해 춤은 무용無用하므로 영원히 아름다울 수 있다는 것이다. 마찬가지로 시도 실용적이지 않은 격格 때문에 예술이라는 얘기이다.
아마 가장 무용한 자세는 허공을 향해 날아오르는 자세일 것이다. 무겁고 둔한 몸으로는 절대로 불가한, 그래서 더욱 아

름답고 환상적인 포즈. 정지된 그 순간에는 한 마리 새인 상태,
이는 실용성과는 전혀 상관없는, 아름다움 그 자체인 것이다.

그래서 영화 「빌리 엘리어트」의 마지막 장면을 좋아한다. 탄
광촌의 소년 빌리가 우여곡절 끝에 훌륭한 발레리노가 되는
그 영화의 마지막은 그가 「백조의 호수」 주역으로 땅을 박차고
하늘로 솟아오르는 모습이다. 카메라는 빌리가 무대에 나가기
전 심호흡을 하고 준비 동작을 하는 것을 천천히 따라가다가,
발을 구르며 무대로 나가 힘차게 비상하는 순간을 정지화면으
로 잡고 숨을 죽인다.

한 마리 백조로 우아하게 날아오른 그의 모습은 가난하던 어
린 시절, 주눅 들린 모습으로 오디션을 보던 초라한 탄광촌 소년
이라는 어둡던 과거로부터 벗어나 새로운 다른 존재로 거듭난
것을 상징하고 있다. 땅에 속한 것들이 그의 몸을 무겁게 끌어내
리는 것이라면, 춤은 그를 천상으로 끌어올린다.

춤추는 순간은 다른 사람이 된 것만 같은 미혹 속에서 기쁨
이 불꽃처럼 타오르는 순간인 것이다.

시
간
의
걸
음   한혜경
     에세이

2024년 5월 20일 초판 인쇄
2024년 5월 27일 초판 발행

지은이 한혜경
펴낸이 한신규
펴낸곳 글터
주소 서울특별시 송파구 동남로 11길 19(가락동)
전화 070-7613-9110, FAX 02-443-0212
E-mail geul2013@naver.com
출판등록 2013년 4월 12일(제25100-2013-000041호)

ISBN 979-11-88353-68-2 03810 **정가** 16,000원